EL LIBRO DE LA REALIDAD

colección andanzas

ARTURO ARANGO
EL LIBRO DE LA REALIDAD

1.ª edición: abril 2001

Diseño de la colección: Guillemot-Navares
Reservados todos los derechos de esta edición para
Tusquets Editores, S.A. - Cesare Cantù, 8 - 08023 Barcelona
www.tusquets-editores.es
ISBN: 84-7223-165-3
Depósito legal: B. 13.583-2001
Fotocomposición: Foinsa - Passatge Gaiolà, 13-15 - 08013 Barcelona
Impreso sobre papel Offset-F Crudo de Papelera del Leizarán, S.A.
Liberdúplex, S.L. - Constitución, 19 - 08014 Barcelona
Impreso en España

Para Fernando Martínez Heredia
y Norberto Codina

Gonzalo podría estar en lo más alto, la Plaza misma asciende por una colina, es como una sábana bajo la cual hubiera oculto algo semejante a un almohadón, y encima del almohadón hay un monumento, la estatua de un héroe, una tribuna, y Gonzalo podría estar en ese estrado pero también más arriba. En días como hoy desde allí se ve un mar de boinas rojas, sombreros de yarey, pañuelos de colores, banderas agitadas por el viento y el entusiasmo de los que han venido a escuchar y aplaudir, carteles que dan vivas y mueras. Desde la tribuna una mirada no abarca la inmensidad que es la Plaza, debajo hay rostros expectantes, rasgos aún definibles, y luego, más lejos, sólo cabezas, oleadas, confusiones, la nada en que se torna lo inabarcable. Detrás del monumento hay una torre y encima de ella un mirador, abajo ya sólo se perciben puntos dibujados sobre el espacio de la Plaza, manchas, acaso sólo el movimiento de los que aún van llegando, retrasados, con prisa. Observar desde allá arriba es verlo todo y no ver nada, están esos punticos y los límites de la multitud que a esta hora sigue creciendo, y edificios, fachadas y azoteas, árboles, avenidas, el mar, nubes. Nada de eso le importaría a Gonzalo de estar en lo más alto, desde allí no podría contar una a una el millón de almas que ya se amontonan en la Plaza, de estar en esa cima Gonzalo tendría un catalejo, apuntaría hacia el gentío, iría descifrando, diciéndose Cerca de las torres reservadas a los periodistas estarán Alejandro y Carlos, Aquellos que permanecen abrazados como si la muchedumbre no les dejara más espacio son Jorge y Miriam, El mulato que incluso rodeado de tantas y tantas personas se las arregla para estar solo se nombra Rolando, La sonrisa y los saltos y vivas que da Ileana cuando el orador lo pide llamarían la atención aun sin este catalejo. Uno a uno serían veinte los rostros que Gonzalo podría distinguir desde lo más alto, veinte muchachos con los que todavía no ha conversado, a los que ni siquiera ha visto llegar a la Plaza. Si a uno cualquiera de ellos le pusiera la mano en el hombro, le dijera Permiso, no habría ocurrido en apariencia nada, al regresar a sus casas ninguno de esos veinte muchachos recordaría esa mano en el hombro, esa voz entre tantas, otro rostro en el millón que ocupa esta tarde la Plaza. Todavía son sólo imágenes que intuyo, que anticipo, piensa Gonzalo, Y aun así, de alguna manera, ya me pertenecen.

Alejandro y Carlos todavía no han entrado en el vasto espacio que Gonzalo imagina. Alejandro está en el baño de su apartamento, probándose una de las boinas rojas que Lucila ha traído. Es la primera vez que una boina cubre su cabeza, y lo que ve en el espejo le parece ridículo, no se acostumbra a verse con la cabeza cubierta de rojo, por más que pruebe a encajarla hasta las cejas, a echarla hacia atrás, a ladearla un poco, siempre algún problema aparece entre la boina y la cabeza. Tan natural que se ve la boina con la estrella en la frente de Él, piensa Alejandro. ¿Y si fuera a la Plaza con la gorra verdeolivo que un rebelde le regaló a mi madre?, se pregunta y descubre su pelo por un momento. El día en que los rebeldes entraron en la ciudad ella fue a verlos pasar, y la gorra voló hasta sus manos, recuerda. Aquel pedazo de tela estaba sucio, apestaba, y mi madre volvió la cabeza, vio que un muchacho le sonreía, su pelo desordenado por el viento, alegre porque la gorra había caído en manos de la mujer que era mi madre. Era un rebelde muy hermoso, contaba ella, y lo que hice fue sonreírle y tirarle un beso. ¿Estará todavía en su cuarto la gorra verdeolivo que mi madre había lavado y mostraba como un trofeo a quien viniera a la casa? No la voy a buscar, se dice Alejandro y vuelve a encajarse la boina hasta las orejas, No la voy a tocar. Va a salir del baño, dispuesto a que Carlos y Lucila se burlen de él, cuando oye el timbre del teléfono. Hoy no, por favor, hoy no, ruega. El timbre se interrumpe y él queda en vilo, Que nadie conteste, que crea que no estoy, que sea ella la que cuelgue, suplica. Ale-

11

jandro no se mueve del baño, sus manos aseguran la puerta cerrada como si algún intruso se empeñara en abrirla, oye la voz de Lucila, sus pasos que se acercan. Es ella, dice la muchacha, ¿cuelgo?, pregunta, desde fuera. Cuelga, dile a la telefonista que está equivocada. Esa mujer es adivina, dice Carlos desde el comedor. ¿Te das cuenta?, le pregunta Alejandro cuando sale del baño, la boina aún en la mano, y Carlos y Lucila se quedan mirándolo, sin saber qué decirle, Yo trato de hacer mi vida, de olvidarla, y no me deja. Ella me corta de la realidad, me separa, piensa Alejandro, Suena el teléfono y es como si el apartamento y yo voláramos, cayéramos en otro mundo. Váyanse ustedes, pide, yo los alcanzo. Vamos, dice Lucila, No te quedes solo. Váyanse, insiste Alejandro, no esperen por mí. Carlos y Lucila se van y lo dejan solo. La puerta del balcón ha quedado abierta y Alejandro camina hasta allí. La calle está vacía, el vendedor de churros se aburre en la esquina, a lo lejos se ven banderas, oleadas de boinas rojas que van hacia la Plaza. Ella siempre llama como si estuviera viendo lo que hago, piensa Alejandro, diez minutos después el teléfono hubiera sonado en la casa vacía. No va a vencer, se dice, No me va a vencer, se repite bajando las escaleras, Si me quedo en la casa ella gana, si no voy a la Plaza ella gana, si me siento ridículo con la boina roja ella gana, repite ya en la acera. Alejandro se acerca al vendedor de churros, le pide un paquete. Cuando era niño su madre nunca lo dejaba comer churros porque decía que era comida de pobres, de gente de tercera. Que tengan mucha grasa, le pide al vendedor, écheles bastante azúcar. Si puede verme, si tiene el poder de adivinar lo que yo estoy haciendo y llamar cuando más puede dañarme, que me vea comiendo churros, con la boina roja, caminando hacia la Plaza.

Jorge entra en la Plaza haciendo ondear la bandera, los muchachos que vienen detrás de él gritan, cantan, Jorge no se vuelve a verlos pero sabe que están allí, si no los oyera de todas formas estaría seguro de que esa pequeña multitud lo sigue, la bandera que él lleva los guía, Jorge levanta el asta, la mueve en lo alto, el aire golpea la bandera, a veces con fuerza, Miriam oye el chasquido de la tela, la ve agitarse, mira los brazos contraídos de Jorge, el sudor que perla su frente, Jorge es como la punta de una cuña que va entrando en la muchedumbre de la Plaza, Miriam tiene ganas de tocarlo, de secarle el sudor, de pedirle Descansa, alrededor de ella corean, empujan, vociferan, ella misma levanta su voz, se abre paso cuando alguien la separa de Jorge. Ya están muy cerca de la tribuna, los altoparlantes carraspean, se oye el toque de un clarín, una oleada de silencio va extendiéndose por la Plaza, Miriam acerca su cuerpo al del muchacho, el asta de la bandera descansa en el suelo, él abraza la cintura de su novia, todos cantan el himno, Miriam es-

13

cucha la respiración de Jorge, Soy suya, se dice, ¿Se da cuenta él de que estoy aquí, de que lo abrazo, de que le pertenezco? ¿Jorge es mío?, se pregunta.

El acto va a comenzar y Carlos y Lucila no dejan de mirar hacia atrás, tratando de descubrir a Alejandro entre tantas cabezas cubiertas de rojo, hasta que al fin, cuando los líderes están en la tribuna, lo ven venir, empujando a la gente, apurado. Habían acordado encontrarse junto a las torres reservadas a los periodistas porque están muy cerca de la tribuna y es difícil llegar hasta allí, para ellos es un reto, una proeza cada vez que alcanzan la base de esas torres, hay que nadar entre la muchedumbre, escurrirse, dejarse caer, atropellar, uno trata de abrirse camino y las torres se ven todavía lejos, como si también avanzaran, distanciándose. No ha pasado media hora desde que salieron del apartamento, Carlos y Lucila apenas sin hablar, extrañándolo, arrepentidos de haberlo dejado solo, y ahora Alejandro parece flotar por encima de la multitud. Tiene la boina roja ladeada, y todos lo dejan pasar como si fuera Él y viniera a ocupar su puesto en la tribuna. Un poco más y lo aplauden, piensa Carlos. Falta un minuto, dice Alejandro cuando llega junto a ellos y se pone en posición de firmes para esperar el himno. Está rarísimo, susurra Carlos al oído de Lucila. La concurrencia aplaude y Alejandro grita, los brazos de todos se alzan y él carga

14

a Lucila para que vea la tribuna, la masa vocifera y
la voz de Alejandro es la que se impone. Está loco,
susurra Lucila al oído de Carlos, Lo dejamos solo y
se volvió loco. Con él nunca se sabe, responde Carlos, paciencia y nos enteraremos. Y ya en la noche,
cansados, a punto de dormirse, demorando la so-
bremesa en los muebles desvencijados del apartamento, Alejandro sonríe, revuelve el pelo de Carlos, toma una mano de Lucila, Soy un tipo con
suerte, dice, Iba hacia la Plaza y la descubrí, tratando de avanzar contra la corriente. Era la única que
caminaba en esa dirección, y me pareció bellísima,
en toda la Plaza no había hoy una mujer más linda
que ésa. Venía molesta porque la empujaban, daba
dos pasos y volvían a arrastrarla hacia atrás. Y me
quedé esperándola. Ella no levantaba la vista, no
veía a nadie. Chocamos, y el cartucho de churros
que yo había acabado de comprar cayó al suelo. Me
pidió disculpas, sin mirarme todavía. Había quedado un solo churro en mi mano. ¿Lo quieres?, le pregunté. Al fin me miró, y sus ojos y los míos quedaron solos en la calle. Sentí que tomaba el churro,
el calor de sus dedos rozando los míos. Me llamo
Alejandro, le dije, Encantado de tropezar contigo.
Y yo Maritza, respondió, sin dejar de mirarme a los
ojos, Gracias por el churro. ¿Qué hago?, me preguntaba yo, viendo cómo la misma corriente que
nos había hecho chocar nos separaba, y ella seguía
mirándome, hipnotizada. Eres preciosa, le dije,
quiero verte otra vez, y se encogió de hombros,

sonrió. Llámame el sábado, le pedí, y grité mi número de teléfono. Me pareció que sus labios repetían las cifras, ¿Sí?, pude preguntarle todavía y la perdí de vista.

Una jornada tras otra los becarios reiteran su rutina, del amanecer al momento de dormir conviven con los mismos rostros, repiten a las mismas horas palabras similares, lo ocurrido en los días de pase vuelve a contarse como si de esa manera se viviera de nuevo, no importa el cansancio de quien dice o escucha idénticas palabras, ya vendrá otro fin de semana, sucederán nuevos acontecimientos con que sustituir estos que ya el mismo lunes amenazan con agotarse. Habías pedido a la tal Maritza que llamara, recuerda Carlos a Alejandro en la puerta del dormitorio, acabados de levantar, mientras esperan a que el grupo forme en pelotón para ir marchando al comedor, apartados del resto de los becarios, Y cuando te anunciaron que tenías guardia el sábado te pusiste pálido, No es posible, dijiste, no puede ser que la suerte se me vaya tan rápido. No te mortifiques, te respondí, No te hagas ilusiones, esa muchacha ya olvidó tu teléfono. Hazme la guardia, me propusiste. Te contesté que ni loco, que le había prometido a Lucila llevarla al cine. Si esa Maritza no llama hago todas las guardias que te faltan hasta que se acabe el curso, me suplicaste, y tus tareas, y limpio el dormitorio, y la sala, y el jardín cuando

16

te toque, y cocino y friego los fines de semana en el apartamento, y les arreglo la cama cuando Lucila y tú se levanten. Dime qué más quieres que haga, me decías, recuerda Carlos más tarde, entrando al aula, y hace silencio cuando se da cuenta de que el profesor lo mira, recriminándolo. Pide por esa boca, pero hazme la guardia del sábado, implorabas, sigue contando Carlos a la hora del receso, Alejandro y él bajo la sombra exigua del único framboyán que adorna el patio, así hablan los becarios. Ya gané, me decía yo, tengo vacaciones en lo que queda de curso. Pero también deseaba que esa Maritza diera señales de vida. Lucila se puso bravísima cuando supo que iba a hacer tu guardia, cuenta Carlos horas después, ya terminadas las clases, de regreso al dormitorio. Estaba insoportable, confiesa, y queda en silencio, hay cosas que aun entre amigos como éstos deben permanecer ocultas, Por qué no nos casamos de una vez y vienes a vivir a mi casa, había dicho Lucila, Si quieres no nos casamos, pero ven a vivir conmigo, A mis padres no les importaría, En mi país no hay esos prejuicios que ustedes tienen, Quiero a Alejandro como a un hermano, pero no me gusta deberle nada a nadie, y Carlos había contestado que a él tampoco le gustaban esas deudas, que no viviría como un parásito, alimentado por los que ni siquiera había aprendido a llamar Mis suegros. Cuando gane un salario nos casamos, respondió, cuando tenga casa propia adonde llevarte. A Lucila siempre los celos la hacen desconfiar y se empeñó en acompañarme en la guardia, es lo único que dice Carlos a Alejandro. Estábamos en la puerta principal del instituto, eran ya como las seis de la tarde, y vimos llegar a un desconocido, cuenta Carlos en el comedor, después de almorzar, las bandejas ya vacías, los últimos restos del potaje recogidos por los pedacitos de pan que mastican todavía cuando se levantan a entregar las bandejas, hablando de esta manera suelen pasar el tiempo los becarios. El desconocido me miró, cuenta Carlos, se detuvo, volvió a observarme. ¿Tú eres Carlos?, preguntó, y yo escuché como una orden. ¿Dónde está Alejandro? Expliqué que habíamos cambiado la guardia. No importa, ven acá. Me hizo salir a la acera. El lunes por la noche tenemos una reunión, me dijo, Has sido seleccionado para una tarea muy importante, Pídele un pase especial al director, No hables de esto con nadie más, Llámame Gonzalo pero en este mismo instante dejé de existir para los que no me conocen, A Lucila jamás le hables de mí. ¿Quién era?, preguntó Lucila. ¿Qué quería ese hombre? Nada, contesté, No sé quién es, no quería nada. Cuando ese sábado regresamos al apartamento, estabas limpiando, le recuerda Carlos a Alejandro, ya entrada la noche, cuando ambos esperan el ómnibus que los llevará a la reunión, los dos de uniforme, las camisas acabadas de planchar por ellos mismos, los zapatos lustrados de prisa, con agua y alcohol. Maritza viene a almorzar mañana, contestaste cuando nos asombramos de que es-

tuvieras limpiando a esa hora. Y no mencionaste a
Gonzalo. Yo también respeté el silencio que él había pedido. Es preciosa, decías tú, Es más bella de
lo que recordaba, repetías mientras comprábamos
algo para ese almuerzo que ella había aceptado.
Volví a verla hoy, decías, la vi ayer y la veré mañana. ¿Mañana? ¿Piensas salir de pase mañana lunes?,
te pregunté, intuyendo ya, comprendiendo. No en-
contrabas cómo explicármelo. ¿Tú también vas a
pedir un pase especial? ¿También qué?, me decías,
riéndote, haciéndote el inocente. ¿También vino a
verte ese que no existe? El sábado por la tarde no
podía separarme del teléfono, cuenta Alejandro a
Carlos al bajarse del ómnibus, lejos ya de la beca,
mientras buscan la dirección que Gonzalo les ha
dado, El tiempo no pasaba y me sentía como un
tonto, bañado y vestido, esperando. Y el milagro se
dio. ¿Te acuerdas de mí?, me dijo Maritza, y yo recordaba hasta la voz que apenas había oído, Estoy
acabando las clases, en una hora nos vemos en la
escalinata de la Universidad. ¿Una hora?, ¿a la semana que había estado esperando sumarle una hora?
No puedo más, me dije, la impaciencia es tan insoportable como la incertidumbre, voy caminando
para que el tiempo pase. Y en el mismo instante en
que salía de la casa volvió a sonar el teléfono. No
puede ser, pensé, Si es mi madre debe de estar
mirando por los ojos de Dios. Iba a dejar que el
teléfono siguiera sonando, pero me daba rabia huir,
irme sin que supiera que yo la negaba esta vez y

todas las veces que llamara. Levanté el auricular, escuché sin decir palabra. ¿Alejandro?, me preguntó una voz que no conocía, Tengo que hablar contigo. Traté de explicarle que no podía, que tenía una cita, y él ni siquiera me atendió. Te hemos elegido para una misión muy importante, yo no existo, no vivo en parte alguna, me llamarás Gonzalo pero mi nombre verdadero es Nadie, me fue diciendo mientras nos acercábamos en su jeep a la Universidad. Maritza estaba sola, de pie, en la escalinata, y Gonzalo se dio cuenta en seguida de que era ella quien me esperaba. Quédate aquí un momento, ordenó, bajó del jeep, regresó con una rosa, A una mujer así no se llega con las manos vacías. Maritza no me vio, o vio en mí lo que yo no había descubierto todavía. Yo esperaba su mirada y sus ojos estaban fijos en la rosa. Es la primera que me regalan, dijo. Iba a darle un beso en la mejilla y rozó mis labios con los suyos. Le vi una lágrima. Qué aire más molesto, dijo, enjugándola. Pensaba invitarla al cine y le expliqué que vivía solo, le pregunté si prefería que fuéramos al apartamento. Dijo que no, que todavía no, que si quería hacer el amor con ella que la enamorara. No, no fue así como lo dijo, no como una condición. Que quería hacer el amor conmigo sólo cuando estuviera muy enamorada. Perdidamente enamorada. Caminamos, entramos a un cine, caminamos, tomamos un helado, caminamos. ¿Almorzamos juntos, mañana, en mi apartamento?, le propuse, al despedirme en la esquina de su casa. De acuerdo, respondió, almorzamos. ¿La toco o no la toco, la beso o no la beso?, se decía a sí mismo Alejandro mientras el domingo él y Maritza ponían en la mesa dos de los tres platos que quedan en el apartamento, los únicos dos vasos de cristal, la rosa que había logrado esa mañana, robada en un jardín. Después de almorzar estuvimos un rato en el balcón, en silencio, ni siquiera nos mirábamos, le cuenta a Carlos. Tengo que irme, me dijo, Gracias por el almuerzo. ¿Si declaro que la quiero me creerá? ¿Si en este instante le aseguro que la amo le estaré mintiendo?, me preguntaba. Te quiero mucho, le dije. Todavía no, me contestó, no corras. ¿Me das un beso?, le pedí. Es amor, le dice Alejandro a Carlos, y en aquel momento, teniendo a Maritza al lado suyo, oliéndola, pensaba No sólo que se toquen los labios, que se rocen las lenguas, que vuele el aliento de un cuerpo a otro, sino lo demás. Yo no sé qué es lo demás, pero sé que es. En aquel instante mi cuerpo era lo demás y en el mundo no había otra cosa que mi cuerpo, explica a Carlos. Quería que Maritza me comprendiera y lo que pude fue abrazarla, con fuerza. Que su cuerpo sintiera. Le conté que hoy lunes salía de pase especial, que tenía una reunión. Cuando termine te llamo, le prometí. Me hace falta una rosa, dice Alejandro, y mira los jardines a oscuras, los setos secos del parque que van atravesando. Al otro lado del parque se ve el edificio donde Gonzalo los espera, hay tres ventanas iluminadas en el segundo piso. Y volviendo a la realidad, dice Carlos, ¿cuál será el misterio de ese Gonzalo? ¿Para qué nos habrán elegido? ¿Cuántos seremos? ¿Qué nos pedirán ahora? Maritza es la realidad, contesta Alejandro, yo sólo quiero que la reunión sea breve. ¿Y si nos piden que estudiemos física nuclear? Y que haya un teléfono cerca. ¿Y si nos piden que ingresemos al ejército?

Tenemos una deuda con la humanidad, dice Gonzalo frente a los veinte muchachos de la misma edad que están escuchándolo, criaturas escogidas de entre los mejores estudiantes de todos los institutos de la ciudad, las miradas detenidas en él, él reconociendo los rostros que antes fueron sólo datos, sonrisas destinadas a otros, ojos que miraban una cámara fotográfica que aún nada tenía que ver con entrenamientos y guerras. Quisiera ver mejor al mulato que está sentado al fondo, con la cabeza baja, comiéndose las uñas. Rolando, recuerda que se llama. Gonzalo habla lentamente, en los últimos dos meses el destino de su trabajo han sido las palabras que va diciendo, la frase que dirá de inmediato y para la que no querría resonancias pomposas, que caiga con la inocencia de una hoja, de un lápiz que ha resbalado de la paleta de una silla, que estalle en las miradas de estos muchachos, en los sudores que bañarán sus frentes, que todo se haga con la sencillez con que Dios respiraría. Ustedes han sido elegidos para saldar esa deuda, dice Gonzalo, y a él mismo lo dicho le traba la lengua, las palabras que pensó y escribió y repitió para no olvidar están esperando, y Gonzalo todavía no hace por escrutar a esos muchachos, una frase no es suficiente aún, ellos mismos deben sobreponerse al asombro ante lo escuchado, establecer la certeza de que éste que hasta ayer era un desconocido está proponiéndoles una vida distinta, tal vez heroica. Tendrán que pasar por pruebas muy duras y no todos lograrán vencerlas, quienes hayan sido operados alguna vez deben irse, el que padezca de asma no soportará los entrenamientos, si a alguien se le ha partido un hueso tampoco podrá estar con nosotros, sólo los mejores de entre los mejores partirán a pelear a otras tierras del mundo. Gonzalo hace otro breve silencio, este sí para observar labios que se contraen, párpados que se paralizan, manos que se unen como en un ruego. ¿Todos aceptan?, pregunta, ¿Todos están de acuerdo?, insiste, y está seguro de que bastará el silencio, de que ninguno de ellos querrá levantar la mano y decir No quiero ser un héroe, salir del aula, olvidarse de sí mismo. Serán entrenados por mí desde hoy y hasta que finalice el curso escolar, los que lleguen al final también tendrán que aprobar los estudios preuniversitarios con las mejores calificaciones posibles. La rubia pequeña cuyo nombre es Miriam parece conmovida, y mira a su novio con ganas de besarlo. Jorge, se llama, dieciocho años, un pie y ochenta pulgadas de estatura, ciento cincuenta libras, zurdo, de procedencia humilde. La trigueña que fue a sentarse junto al mulato mira como si quisiera desafiarme. ¿Ileana o Gisela?, se pregunta Gonzalo, confundido por esas fotos que ha estado buscando en expedientes escolares. El mulato no ha dejado de comerse las uñas. Ser mejor entre los mejores significa ser un hombre nuevo, y un hombre nuevo tiene que conocerse a sí mismo, no tener secretos para su propia conciencia, ser implacable consigo cuando sea necesario. ¿De acuerdo?, dice Gonzalo, y espera, observa, algunas cabezas asienten. Si están todos de acuerdo, si todos están absolutamente seguros de estar de acuerdo, si no hay una sola duda, la sospecha de una sola duda en ninguno de ustedes, sólo me queda pedirles que cada uno haga su autobiografía. Escríbanlo todo, absolutamente todo, desde el minuto en que nacieron hasta el día de hoy. Quiero sinceridad, quiero que se desgarren, que me cuenten hasta los malos pensamientos. Que ustedes mismos se asusten cuando lean lo que han hecho en sus vidas. Les doy tres días para entregármelas. Ésta es la primera prueba.

El dinero que mi madre había puesto en el banco se gastaba más rápido de lo que había previsto, y decidí becarme, cuenta Alejandro, sentado en el jeep de Gonzalo. En nada se parece un jeep a un confesionario y sin embargo Gonzalo escucha, mira hacia delante, asiente, parecería que puede decir Yo te absuelvo, Alejandro habla en voz baja, a veces da la impresión de sentir vergüenza, observa a Gonzalo como esperando el perdón o el castigo. Quiero ser ingeniero, me decía, y me faltan cuando menos siete años, o me olvido de los estudios y empiezo a trabajar o tengo que entrar en un instituto de becarios. Los prejuicios permanecen, mi madre decía que las becas eran para guajiros y huérfanos. ¿Y qué soy yo?, me pregunté el día en que al fin me decidí a ingresar. Son como una cárcel, decía mi madre, igual que los colegios de monjas. Usted no sabe lo que es llegar a un apartamento vacío, querría decirle Alejandro a Gonzalo, y sin embargo calla, Salir del instituto y encender la cocina para uno mismo, piensa, El hambre se va o si no se va toda la comida sabe igual, los platos sucios se acumulan hasta que se rompe el primero, a la hora del baño uno se pregunta para qué si nadie me va a oler, me va a mirar, y luego tirarme otra vez en las sábanas húmedas por el sudor de tantos días, desvelarme por la picazón, dar vueltas en una cama que huele a polvo, a moho, caminar sobre las colillas que cubren el piso, y cuando no puedo más prometerme que al día siguiente voy a lavar la ropa que he ido tirando en un rincón del closet, que voy a fregar los calderos y los cubiertos y los platos, que voy a limpiar el sarro que mancha los azulejos del baño, sacudir el polvo que empaña los muebles, tirar agua de la cocina al balcón, que el agua corra y limpie, que se lo lleve todo, lo malo y lo bueno.

Tengo que ser fuerte, me digo cuando no puedo más, Si me acuesto en esta sábana ella gana, si vendo otro adorno para poder fumar ella gana. Háblame de Carlos, insiste Gonzalo ante el silencio del muchacho. Mi primer fin de semana en la beca regresé del pase más temprano que los demás. Era domingo y Carlos estaba acabando de planchar el uniforme. Conversamos. Lo miré planchar. En la misma mesa donde trabajaba tenía pedazos de pan viejo y un jarro de agua con azúcar. Supe que el pan y el azúcar los conseguía con una cocinera que era de su pueblo. Me brindó. A mí el agua con azúcar me da acidez. No me cansaba de verlo, la plancha pasando una y otra vez por el filo del pantalón, la camisa tiesa por tanto engrudo que le untaba. Le pregunté qué había hecho durante el pase y me dijo que lavar, leer y dormir. Después supe que estaba becado desde los doce años. Puedo vivir debajo de una piedra, me dijo. Jamás tiene dinero. Si alguna vez le mandan algo de la casa, es tan poco que lo gasta en cigarros. Me pasé esos días pensando si invitarlo a que viniera a vivir conmigo los fines de semana. Apenas lo conocía, y me daba miedo. El único beneficio de la soledad es la independencia. El sábado siguiente, en cuanto nos dieron el pase, se acostó a dormir. ¿Usted sabe lo que significa el pase para los becarios? Después de una semana encerrado, viendo las mismas calles, las mismas caras, oyendo las mismas voces, comiendo mal, pendiente siempre de que te regañen, llegan al fin esas horas en que eres libre. La gente va al cine, a un baile, compra comida, pero nada de eso es importante. Poner un pie fuera, donde nadie te vigila, donde no está prohibido fumar o tener la camisa abierta o besar a una muchacha, eso es lo que da sentido al pase, y Carlos se quedaba allí, encerrado. El miedo más grande de un becario es a perder el pase. A Carlos le daba igual, su vida era otra cosa. ¿Se dará cuenta?, me preguntaba yo, ¿Será resignación, desinterés, o ni siquiera sabe lo que es sentirse libre? ¿Lo sé yo? Quizás lo comprendí mejor viéndolo a él, y se lo agradezco. Gonzalo saca un cigarro, lo aprieta con dos dedos, El último, dice, Lo compartimos, enciende un fósforo, lo acerca a la punta del cigarro, aspira, la llama parpadea, vibra, Si estuvieras en mi lugar, pregunta Gonzalo a Alejandro, ¿hubieras elegido a Carlos?

Lo hubiera elegido, responde Carlos, Alejandro no es fuerte, pero es terco, no es muy diestro, pero sí inteligente, y tiene valor. Para quedarse solo hay que tener valor. Para ser generoso hay que tener valor. Nadie depende de él, y él no depende de nadie. Lucila y yo somos su única compañía. ¿Y no tiene ni siquiera novia?, pregunta Gonzalo, sentado en el jeep, leyendo los papeles que cuentan la vida de Carlos. Desde el sábado dice que tiene una que se llama Maritza. Lucila dice que todas las semanas él encuentra el amor de su vida. Él siempre jura que ésta es diferente, y ahora también. ¿La conoció el sábado?, insiste Gonzalo, y deja de leer, mira al muchacho. A los becarios todo lo interesante nos ocurre los fines de semana. Ahora los sábados tendrán entrenamientos, dice Gonzalo. Yo no me quejo, sólo estoy contando. ¿Dónde queda ese pueblo donde naciste?, pregunta Gonzalo. En ninguna parte, quisiera decir Carlos. Huérfano de padre, lee Gonzalo en las hojas que el muchacho le ha entregado, y Carlos asiente. ¿Enfermedad? Apareció muerto. ¿Apareció?, explícame, pide Gonzalo. Fue durante la guerra. Se había perdido de la casa. Lo más seguro es que se haya ido a pelear, decían. Será un barbudo. Si alguien desaparecía era que estaba en la guerra. Una tarde encontraron el cadáver, colgado en un potrero, ya descompuesto. Así mataban entonces. Así aparecía la gente, colgada. A veces era sólo uno. A veces varios, cinco, seis. A mi padre lo metieron en un saco, lo enterraron enseguida. Alguien dijo que lo habían golpeado. Nadie oyó nada, nadie supo nada. Cuando terminó la guerra, quisieron ponerle su nombre a una escuelita que hicieron. Decían que era un mártir. Otros se negaron. No se sabía. Que había sido una venganza, decían. Que él nunca tuvo que ver con la guerra. Le preguntaron a mamá. Ella jura que no sabe nada. A mí me jura que no lo sabe. ¿Tienes hermanos? Uno solo. ¿Menor? Mamá estaba embarazada cuando mataron a mi padre. ¿De qué viven? De una pensión, y de cosas que ella vende. Tenemos un pedacito de tierra. Ahora es Gonzalo quien queda en silencio. Piensa en esa viuda, sola en el campo, con dos hijos que educar, y recuerda lo que ha podido ser su propia vida. Si aceptas venir con nosotros ellos se quedarán solos, dice Gonzalo. Lo sé, responde Carlos. ¿Qué quieres estudiar? Quería ser médico. ¿Quería, o lo quiere aún y se lamenta y no se atreve a decirnos que no?, se pregunta Gonzalo. ¿Estás seguro de que estás dispuesto a venir con nosotros?, dice. Cómo puede dudarlo, piensa Carlos. ¿Usted diría que no?, pregunta. Nadie te va a juzgar si renuncias ahora. Gonzalo lo mira otra vez. Es fuerte, piensa, sus pies y sus manos son de campesino, parece un mulato, pero su pelo es de indio, y tiene la mirada de las personas astutas. ¿Usted lo dudaría?, dice Carlos, Hay que ser capaz de renunciar a todo, no sólo a la vida, sino también a lo que hay de nuestra vida en los demás, a despojar a nuestros seres queridos de las pequeñas cosas que hemos ido entregando a lo largo de los años, dejarles sólo el recuerdo, y si fuera preciso renunciar también al consuelo de esos recuerdos. Gonzalo sonríe. Carlos ha repetido al pie de la letra lo que él dijo en la reunión, y ahora, en la voz del otro, siente que hay algo ridículo en la solemnidad de sus propias palabras. Si paso la prueba seré un hombre distinto, dice Carlos. Yo no olvido, yo fui salvado por la guerra. Tenía nueve años cuando triunfamos y mi destino era el campo y la miseria. Si me pidieran Sé maestro, tendría que decir que sí. Si me pidieran Sé ingeniero, estaría conforme. Si me pidieran Regresa al campo, pensaría que es mi destino. Pero me han elegido. Ahora soy un elegido, dice Carlos. No sé muy bien por qué, pero soy un elegido. Gonzalo vuelve a tomar las hojas que Carlos entregó, una vida que aún se puede contar en dos páginas arrancadas a una libreta, busca un espacio libre al final del papel, ¿A quién debemos avisar en caso de muerte?, pregunta.

Avísenle a mami, responde Ileana y echa hacia atrás con ambas manos el pelo negrísimo, A mi padre nunca le hablen de estos asuntos. Ha respondido sin asustarse, piensa Gonzalo, y es preciosa esta muchacha, su mirada no revela inteligencia pero su cuerpo es firme, será capaz de caminar y de subir montañas. También de enamorar, de simular, si fuera necesario. O no, dice Ileana, mejor que le avisen a mi padre, si muero díganselo a mi padre. Que sea él quien sufra primero, piensa, que su egoísmo también se cumpla con la noticia de mi muerte. Con qué facilidad pronuncia la palabra muero, piensa Gonzalo, la dice y sus labios no tiemblan, no se alteran sus ojos, no hay ni una sombra que pase y estremezca y anuncie. Todavía no sabe, piensa Gonzalo, no ha visto, y a esa edad morir es sólo una palabra, una distancia, algo que pertenece a otros. Dime el nombre completo de tu padre, pide Gonzalo. Que sepa que me escapé de su destino, del destino que él quiere para mí, se dice Ileana. Que no voy a pasarme la vida en la bodega, vendiendo arroz y tocino, como mi madre, o en esa casa que él ha convertido en almacén de la bodega. Que no voy a casarme con un hombre como él. Que si muero sea para no ser como él quiso que fuera mi madre. Que sufra mi arrogancia como yo he padecido la suya. Díganselo a mi padre, repite Ileana, o no se lo digan a nadie, qué más da. Me gusta esa fuerza, piensa Gonzalo, ese odio. ¿Ser una elegida te libera?, pregunta Gonzalo. Me ayuda. ¿Y si no murieras? Da igual. Ya me fui, ya no les pertenezco, ustedes me han salvado. Te salvarás tú misma, si eres capaz. Seré capaz. Las pruebas son muy duras, al menos la mitad no llegará al final. Ya sé que hay otra vida para mí y no voy a perderla. ¿Cómo harás para salir de tu casa cuando haya entrenamientos?

Me duele mentirle pero será imprescindible, dice Rolando. Papá y yo vivimos solos, en el cuartico de un solar. Tenemos una cama, una mesa de madera que también sirve de escritorio, una hornilla de carbón donde él cocina la comida con que me recibe cuando llego a casa, un sillón donde se sienta a leer y se queda dormido, un armario de cedro que guarda todo lo que tenemos. El baño es colectivo y está afuera, en el patio. Ésa es, como él dice, nuestra mayor vergüenza. Y ahora hay un tele-

31

visor que acaba de comprar. Todos sus ahorros para un televisor roto. Temblaba de alegría la noche en que llegué a la casa y me encontré el aparato, ya limpio y abierto, esperándome. Lo vamos a arreglar entre los dos, me dijo, será nuestro único lujo, todos los días un paso, no importa el tiempo que nos cueste, aprenderemos los dos, lo haremos los dos juntos, y cuando seas ingeniero sabrás que ya antes tú y yo logramos que un viejo televisor recuperara su imagen. Ésa es su ilusión, Cuando seas ingeniero te darán una casa, comeremos mejor, viajarás por el mundo. Voy a vivir hasta que te gradúes, me dice, después no quiero más. ¿Por qué no habías entregado la autobiografía?, pregunta Gonzalo. No estaba decidido, dice Rolando, y Gonzalo ve por primera vez los ojos del muchacho. Amarillos, como una hoja seca. A veces, aún, se muerde una uña. Gonzalo esperó por él inútilmente a la salida de su instituto, después de la reunión pasó una semana sin que pudiera verlo, Pero no debo excluirlo sin hablar con él, pensaba, y el mismo Rolando lo ha llamado, Nos vemos donde usted diga, cuando usted diga. Medita con cuidado lo que vas a responder, advierte Gonzalo ahora, si dices No, esta conversación será olvidada, tu presencia en la reunión no habrá ocurrido nunca, sólo te exigiremos silencio. Ya está pensado. Mi madre era negra. Murió cuando nací, de parto. Papá dice que murió de pobreza, en esa misma cama donde él y yo dormimos hoy. Yo mismo, salvado de milagro, por la naturaleza, podría no ser. Si papá imagina que soy un elegido se moriría de tristeza. Si papá supiera que he dicho que no, moriría de vergüenza. Si yo dijera que no, aunque él no lo supiera, jamás podría volver a mirarlo a los ojos. Ni tocar su mano. Ni compartir la misma cama. Ni respirar su aire. Mi deshonor lo contaminaría, lo asfixiaría. No se puede ser un elegido y decir que no. Yo no puedo.

No sé por qué me han elegido, y tengo miedo, dice Miriam, miro a los demás, me comparo con ellos, y no comprendo, pero agradezco. Agradezco que esté Jorge, estar junto a Jorge. Él será la fuerza que me falte, en él tendré la resistencia que la naturaleza me ha negado, por él venceré el miedo a no ser capaz. Si me preguntaran hoy por el momento más feliz de mi vida, diría La noche de la reunión. Después que usted me dijo que habría una reunión, que debía guardar el secreto, apenas pude hablarle a Jorge. Estaba muda. Usted me dejó muda. No digas nada, a nadie, me dijo, y no sabía cómo ocultárselo a Jorge. No sé por qué, a mami y papi sí pude. Soy transparente para ellos, y ellos lo son para mí, pero pude. Llegué a la casa, miré a mami a los ojos y me dije Gonzalo no existe, no tienes nada nuevo que contarle. Quizás porque siempre les digo la verdad puedo mentirles ahora. Me duele, pero soy capaz. Ella haría como yo, pienso, papi hizo como yo. En los días de la guerra él conspiraba, escondía en la casa papeles, dinero. No decía nada a mami para protegernos, para que la inocencia de ella nos protegiera. Papi pensaba que ella no se daba cuenta, y mami observaba, comprendía, se dejaba engañar, callaba. Después del triunfo se lo contaron todo uno al otro, se divertían, yo gozaba mirándolos, oyéndolos. Mami siempre dice que ella y yo nos parecemos mucho, que tenemos el mismo carácter. Ahora sé que no. Yo necesito hablarle a Jorge, tengo que saber, que decirle. Todos estos días estuve en silencio, y él sin preguntarme, en silencio también. Sabe que le oculto algo, pensaba yo, y está bravo conmigo. Le tengo mucho miedo al silencio de Jorge. Todos los días, minuto a minuto, sé lo que él hace y él conoce lo que haré. ¿Cómo ocultarle la reunión?, pensaba, ¿qué decirle?, ¿que me quedaré en la casa, que estoy cansada, que mami se siente mal, que voy a visitar a una amiga que él no conoce? No preguntó nada, no nos dijimos nada. Llegué tan asustada al lugar de la reunión. Si Jorge me veía en la calle, ¿cómo explicarle?, ¿decirle qué? Entré al edificio escondiéndome, corrí las escaleras, abrí de golpe la puerta del salón, como si me persiguieran. Fue a quien primero vi y no lo podía creer, no comprendía. El susto de Jorge fue tan grande como el mío. ¿Qué tú haces aquí?, me decía, y yo me daba cuenta de lo feliz que le hacía verme. Tenía que haberme dado cuenta antes. Si yo había sido elegida, ¿cómo él no iba a serlo también? Ahora mi obsesión es no abandonarlo, no defraudarlo. Los demás tienen sólo una razón para sostenerse. Yo tengo la razón de los demás y tengo a Jorge. ¿Y si Jorge no estuviera?, pregunta Gonzalo. No sé, responde Miriam, ya no importa porque yo también estoy. Gonzalo recuerda que antes se opuso a la elección de Miriam, Vive demasiado bien, le dijo al Capitán, no sabe lo que es pasar trabajo, y no parece fuerte. ¿Y si tuvieras que renunciar a Jorge?, dice. No sé, responde Miriam, tendría que vivir su muerte para saber qué haría. ¿Renunciar a mí misma? ¿Hacer mía la fuerza de Jorge? ¿La fe de Jorge se fundiría a mi fe? ¿Y si él no muere?, pregunta Gonzalo.

Yo era un marginal, cuenta Jorge, un desclasado, como el padre que no conocí. Tenía doce años y aquél era mi mundo, la historia y yo no nos habíamos encontrado todavía. Ella esperaba por mí, pero yo no me había dado cuenta. ¿Qué tiempo ha pasado?, pregunta Gonzalo. Seis años, dice Jorge, mi verdadera edad. ¿Lo hicieron otras veces? Vivíamos de robar, comíamos de lo robado. Así jugaban los muchachos que éramos nosotros. Podía decir que fueron ellos, que yo no estuve esa noche, y no estaría mintiendo. Entraron por una ventana de aquella escuela, sacaron cajas de tizas, borradores, pomos de gomas de pegar, algunas libretas, un compás de madera, un libro de historia de la naturaleza. Yo no

35

sé para qué. No sabíamos para qué. Nos parecía divertido el riesgo, el placer de entrar en territorio ajeno, el saber que alguien nos temía, que éramos un peligro. Nunca antes lo habíamos hecho en una escuela. Escogíamos una casa, tomábamos la comida que se encontrara, alguna prenda de vestir, jamás dinero. Que pareciera insignificante, que pudiera no haber una denuncia. Con la escuela violamos un límite y a la tarde siguiente nos fueron a buscar. A todos, de una vez. Yo no tenía culpas que confesar e hice lo único que podía, callarme. Dormí una noche en prisión, la única en mi vida, me hicieron una advertencia, conversaron con mi abuela. Callarte, dice Gonzalo. Debía de haber comenzado por lo peor, piensa. Callarte, repite Gonzalo, Como te callaste ahora. Jorge no entiende, se demora en comprender por dónde va Gonzalo. Para comenzar la conversación le había ordenado Cuéntame de la noche que pasaste en la cárcel, acusado de robo. El jeep estaba detenido junto a un parque, Miriam esperaba fuera. Gonzalo echó a andar el jeep, lentamente. Miriam se puso de pie, sin saber qué hacerse. Jorge, desde el jeep, le indicó con un gesto que esperara. No vamos a ninguna parte, comprendió Jorge cuando Gonzalo dobló por segunda vez la misma esquina. Que se desnudaran, les dije, que contaran todo, advertí, que escribieran incluso lo que jamás se hubieran atrevido a confesarse a ustedes mismos, lo que hubieran querido olvidar para toda la vida. Que fuera una purificación. No fue un olvido, dice Jorge, tampoco una mentira, y ahora prefiere que el jeep esté dando vueltas sin sentido, lejos de Miriam. No fui culpable, no soy culpable. Aunque hubiera robado en la escuela y cumplido los seis meses de reclusión a que fueron condenados los demás, hoy también me sentiría inocente. Quizás lo hubiera escrito. Un dato más, un dato menos. Cuando escribía, dudé. No, me dije, no es justo. Veinte mil personas murieron en la guerra para que yo no me sienta culpable, para hacer de mí un hombre diferente, libre. Debería decírselo ya, piensa Gonzalo. Pudimos no haberlo sabido nunca, dice Gonzalo, no haber conocido jamás al verdadero Jorge. Yo ocupo el cuerpo del Jorge que robaba, pero no hay nada en mi vida que ustedes no conozcan. Jorge inicia el gesto de una sonrisa, se toca con la lengua la cavidad de un diente partido, Esto, dice, es lo único que queda de aquel Jorge. Gonzalo detiene el jeep bajo la sombra de un árbol. La tarde de septiembre parece arder en el asfalto. Mentiste, dice Gonzalo, Ocultaste una información importante de tu vida. El parque donde Miriam lo espera está muy cerca, piensa Gonzalo, es mejor dejarlo aquí, que camine antes de encontrarse con ella. No es así, responde Jorge, no entienden nada. Se ha decidido que no puedes continuar siendo un elegido. Tu vida seguirá como si nunca hubieras estado con nosotros, tu único compromiso será la discreción. No nos conoces, no existen elegidos, mi nombre no es Gonzalo. Ahora mirarlo, piensa Gonzalo, que comprenda en mis ojos que esto es también un acto de bondad. ¿En nombre de quién cometen este error? ¿Cómo pueden expulsarme y hablar de la justicia, de la purificación? En la voz de Jorge no hay la violencia que Gonzalo esperaba. En nombre de todos, de la honestidad de todos, de la pureza de todos, dice Gonzalo. También en tu nombre.

Salimos de pase el sábado, y cuando llegamos a la casa Maritza estaba esperándome afuera. Yo había prometido llamarla el lunes, después de la reunión, pero no pude, recuerda Alejandro, no fui capaz. Aquella noche Carlos y yo no sabíamos qué hacer, caminamos y caminamos porque tampoco queríamos regresar a la beca, ya éramos distintos y no podíamos decirlo, algo en nosotros estaba mutando, algo había entrado en nuestro cuerpo y estaba creciendo, lo sentíamos crecer, se veía ese algo que estaba creciendo en nosotros, necesitábamos llegar muy tarde al dormitorio, que no nos vieran, que nos dieran tiempo para acostumbrarnos a ser distintos, a llevar esto que ahora nos diferencia pero no sabemos cómo. ¿Y el asma?, preguntó Carlos, ¿Qué vas a hacer con el asma? Nada, dijo Alejandro, Yo no soy asmático. Lo eres, dijo Carlos, cuando llegue el invierno no podrás ocultarlo. No lo soy, dije, Si me escuchas toser no me preguntes, Si me ves con el inhalador ignóralo. No vas a poder, dijo Carlos. Tú ayúdame, y déjame, pidió Alejandro. Esa noche Lucila esperaba por Carlos en el apartamento, Maritza esperaba por mí junto al teléfono, nosotros nos sentamos en el muro del Malecón, frente a la negrura de un mar que nos llevará a otras tierras del mundo. ¿Adónde?, se preguntaba Carlos. El mundo entero puede ser nuestro destino. Al sur, le dije a Carlos, que es donde están los pobres de la Tierra. Dicen que en el sur está peleando Él, me dijo Carlos. ¿Y si fuéramos a pelear donde está Él?, pensamos los dos, y los dos callamos ante lo demasiado. Él es la criatura nueva que queremos ser, el mejor de los mejores, el más puro entre los puros. El revolucionario verdadero está guiado por grandes sentimientos de amor, dice Él, El elegido no puede descender con su pequeña dosis de cariño cotidiano hacia los lugares donde el hombre común lo ejercita, dice Él, Todos los días hay que luchar porque ese amor a la humanidad viviente se convierta en hechos concretos, dice Él, Qué importan los peligros o sacrificios de un hombre o de un pueblo cuando está en juego el destino de la humanidad, dice Él. Pensábamos en Él y nos ganaba el vértigo, éramos como el mismo mar que estaba ante nosotros, a un tiempo sentíamos el cuerpo inmenso que aún no nos habíamos habituado a llevar y nos elevábamos como la salpicadura que se hace gota de sal, brillo en el aire, instante de luz en la arena, nada. ¿Y si el país de Lucila es la otra tierra del mundo que espera por nosotros?, recuerda Ale-

39

jandro que se preguntaba Carlos. En su país, el padre de Lucila había sido un rebelde, en la casa de Lucila no se habla de otra cosa, el padre recibe mensajes de compañeros que aún están en las montañas, a su casa llegan los partes que lee y discute como si él mismo hubiera participado en los combates, todos los días se lamenta de la pierna quebrada por una bala, que no le permitirá regresar para vencer o morir junto a los suyos. ¿Y si Lucila pudiera volver a su país con nosotros, como una elegida? ¿Y si el padre de Lucila ya sabe que hay un grupo que se prepara para ir a combatir a su país? ¿Y si la misma Lucila se está preparando con los compañeros de su padre y nunca te lo ha dicho, guarda su secreto como ahora guardarás el tuyo?, le pregunté a Carlos. ¿Y si Él está peleando en el país de Lucila?, se atrevió a decir Carlos. Volvamos a la realidad, dijo Carlos. Ya había perdido a Maritza, creía Alejandro. No la había llamado el lunes, le dio miedo llamarla después de escuchar a Gonzalo. No sueñes, le dije a Carlos cuando dejamos el Malecón, en la madrugada de aquella noche, Lucila se queda. Desvanécela, le dije, o desvanécetele a ella. Que sea sin dolor, le aconsejé, Que llegado el momento flotemos, como un globo invisible. Que al partir ya seamos nada, y para nadie. Que no haya cartas, ni lágrimas, ni última noche. Que así sea, juramos. Llamar a Maritza me dio miedo por mí, más que por ella. Soy un tonto, me decía, he tropezado con una muchacha y de inmediato he querido enamorarme, la he invitado a salir y le he dicho que la amo, la he besado y no puedo olvidarla. No sé quién es Maritza, me decía, y ahora tampoco tendré tiempo de saberlo. Borra su número de teléfono, ruega para que su orgullo le impida llamarte, desvanécela ahora, que sólo hay un beso que recordar, me advertía a mí mismo. Entra tú primero y no salgas del cuarto, le pedí a Carlos cuando al llegar vimos a Maritza en la puerta del apartamento. Nos dimos un beso. Fui a decirle No te llamé porque no nos dieron el pase especial. Ella cerró mis labios con sus dedos. No importa, me dijo, ya estoy aquí. ¿Quieres agua?, pregunté cuando entramos al apartamento. Después, me dijo, y me besó en la boca. Estoy enamorada de ti, muy enamorada, no me explico por qué y tampoco quiero explicarlo. Fui a decir que yo también. No quiero saberlo, me dijo, me basta con estarlo yo. ¿Qué es el amor? me preguntaba al cerrar la puerta del cuarto, ¿que yo toque su piel y arda, que mire sus labios y tiemble, que la imagine desnuda y estalle? ¿Es quedarme mudo y sudar, no saber qué hago y saber que lo hago bien? ¿Cerrar los ojos y no dejar de verla, cerrar la nariz y no dejar de olerla, cerrar la boca y no dejar de besarla o de morderla, crispar las manos y no dejar de tocarla? ¿Perder un dedo dentro de su cuerpo, la lengua dentro de su cuerpo? ¿Perderme dentro de su cuerpo? ¿Que me diga que el cuerpo la abandona, que se le convierte en un haz de luz, que no puede más y quiere más? ¿No querer lastimarla y que llore? ¿Desear que este minuto dure toda la vida y no poder soportarlo? ¿Creer que va a morir, ver en sus ojos la sombra de la muerte, en mis manos la evidencia de la muerte? ¿Es amor desfallecer?, me preguntaba al verla sobre mí, los ojos cerrados, dormida tal vez, apenas respirando.

Estábamos dormidos, recuerda Carlos. A mi novia le cuesta trabajo perdonar, y yo no supe explicarle por qué no vine el lunes al apartamento. Te esperé hasta muy tarde, me dijo Lucila. Llamó esa tal Maritza que nadie sabe quién es y ahora está en el cuarto de Alejandro. Pasé la noche entera de la sala al balcón, de la cocina al teléfono, preocupada por ti. Regresé a mi casa por esas calles oscuras, sola, sin saber qué podía haberte pasado. No te comprendo, decía Lucila, sólo quiero que me digas la verdad. Nada, le decía yo, nada, no te llamé porque no ocurrió nada. Invéntale, me había aconsejado Alejandro, Dile que salimos con un profesor, que no pudimos escaparnos del grupo, que todos los teléfonos estaban rotos. Miré a Lucila y me callé. La mentira se ve, creo. Que dude, que se mortifique, que la mentira que hay en mis silencios no se repita en mis palabras. Como una esposa que está ofendida, ella vistió su bata de casa, lavó la ropa que yo había ensuciado durante la semana, puso en la candela lo que comeríamos en la noche. No me toques, me dijo, cuando, al verla de espaldas en el lavadero, me acerqué con ganas de besarle la nuca. Ya se le pasará, pensaba yo, siempre es lo mismo. Con Lucila sólo hay que tener paciencia y a mí me sobra. Es demasiado soberbia para irse, no soportaría llegar a la casa y decirle a su madre He peleado con Carlos. La paciencia debe bastarme para esperar la noche, aguardarla en la cama. Decirle una vez más cuánto la quiero, pedirle otra vez que me perdone, darle un beso en la frente y quedarme quieto, esperando. Que se acurruque contra mí, que suspire, que me diga te odio, que busque mis labios con la ansiedad que ha estado reprimiendo durante el día. Alejandro y Maritza no habían salido de su cuarto, yo entré en el mío, debía ponerme a estudiar. Tienen que terminar el curso con las mejores calificaciones posibles, nos advirtió Gonzalo, y mi cabeza huía de los libros. Si dentro de ocho meses voy a ser un combatiente, ¿qué sentido pueden tener biologías y gramáticas en la selva, en la montaña, frente a la muerte? Lucila tiraba cacharros en la cocina. Me quedan ocho meses para estar con ella, sacaba yo la cuenta, treintidós fines de semana, sesenticuatro comidas, treintidós almuerzos, treintidós desayunos y treintidós noches. Eso es igual a un mes, un único mes si pusiéramos uno detrás de otro los días que gastaremos como si aún todo el tiempo pudiera ser nuestro. Ahí tienes la comida, me dijo Lucila, sin perdonarme aún, cuando el sueño comenzaba a ganarme y el libro con que intentaba estudiar había resbalado hasta el suelo. ¿Se va?, temí, todavía aturdido por el sueño, cuando noté que había cambiado su bata de casa por pulóver y falda. ¿Y si se va, la llamo?, me preguntaba yo. Desvanécela, me había dicho Alejandro, hazla desaparecer. ¿Y si no la llamo ni la busco más y permito que me olvide? ¿Y si la busco y le digo que la quiero, que la querré, que ya no puedo imaginarme mi vida sin ella? Si la dejo ir me estoy engañando y si la llamo le estaré mintiendo. En la mesa esperaba un solo plato, en las cazuelas quedaba comida para una persona más, en las tendederas colgadas en la sala goteaba aún, junto a mi ropa, su bata de casa. Nada que temer, no preguntarle más, me dije, no insistirle. La oí caminar hasta el balcón. Comí en silencio, lavé mi plato, regresé al cuarto, al libro, al sueño. Y ya siendo, imagino, muy tarde, la luz del cuarto se encendió y me dejó ciego. Lucila hizo sonar las gavetas del closet, cubrí mi cabeza con la almohada y poco después la sentí apagar la luz, acostarse, lejos de mí, a lo mejor vestida, aún desconociéndome. ¿Permaneció ella en vela, esperando a que yo me le acercara, la tocara, hasta el momento en que Alejandro entró en el cuarto? ¿Estaba tan dolida, su soberbia era tanta que no cerró los ojos hasta el minuto en que Alejandro vino a despertarnos? Me levanté para ir al baño, recuerda Carlos que le contó Alejandro, Maritza me pidió que le buscara agua, me dio otro beso antes de salir, como si estuviera temiendo que yo no regresara, afuera todo estaba oscuro, en el cuarto de ustedes no se oía nada, ¿tan tarde será?, me pregunté. Al llegar a la cocina encendí el radio, abrí el refrigerador, las dos y quince de la madrugada, dijeron, serví el agua, Noticia de último minuto, dijeron, devolví la jarra a su sitio, Agencias internacionales de prensa han trasmitido la información, dijeron, ¿Por qué quedé como en el aire, suspendido en las palabras?, recuerda Carlos que se preguntaba Alejandro, ¿Y cuando escuché Muerte en combate ya sabía que era Él, que dirían el nombre de Él, que Él era el único muerto entre todos los muertos? Las manos de Lucila me sacudieron con violencia, recuerda Carlos, y yo no me sentí despertar, abrí los ojos como si lo estuviera esperando todo. Lo mataron, dijo Lucila y no hacía falta más. En la radio nombraban lugares, minutos, número de hombres. No puede ser, dijo Alejandro, mirándome desde las lágrimas. Por segunda vez, me sentí huérfano. Alrededor de Alejandro y de mí iba abriéndose como un vacío, como un desamparo que ninguno de los dos podía nombrar. Tú y yo vamos a ser como Él, dijo Alejandro. Él era único, dijo Lucila. Vamos a ser como Él, repetí yo. Desde el pasillo Maritza nos miraba sin comprender. Lo mataron, dijo Alejandro. Estás desnudo, dijo Maritza, y vino hasta Alejandro con una sábana, lo cubrió, se agachó a sus pies para limpiar la gota de sangre que caía de un dedo, recogió los cristales del vaso quebrado, cerró la puerta del refrigerador, ¿Quieren que haga café?, preguntó.

Tienen que convertirse en una fría máquina de matar, dice Gonzalo cuando todos han descendido ya de los camiones, en el campo de tiro. Es una explanada frente a la costa, en las afueras de la ciudad, que Miriam recuerda haber visto alguna vez desde el automóvil de su padre, antes de la guerra, cuando aún tenían tiempo para ir a la playa en el verano, todos los fines de semana. Amor y odio son las dos caras de un elegido, dice Gonzalo mientras entrega los fusiles que pesan mucho más de lo que Miriam había imaginado, y el suyo, al tomarlo por la correa, se desliza y choca contra su rodilla. Amar hasta el sacrificio de nuestras propias vidas, dice Gonzalo, odiar para ser implacables con el enemigo, y reparte los cargadores, uno a cada soldado, diez balas, Siete impactos en el blanco es lo mínimo para pasar la prueba, tres pruebas suspensas significan la baja definitiva de este grupo. Un elegido no conoce la piedad porque esa piedad puede convertirse en su muerte y en la muerte de nuestros compañeros, dice y señala los blancos, no el círculo de colores que Miriam había imaginado sino pequeñas siluetas de cartón verde que se pierden entre la yerba. La piedad sólo puede ejercerse después de la victoria, explica Gonzalo, cuando hayamos despojado al enemigo de todos los recursos materiales y morales, de toda su capacidad combativa, y también de su orgullo, de su dignidad. No hay arma más peligrosa que el rencor de un enemigo derrotado, dice Gonzalo. La piedad, piensa Miriam, ¿Y si el enemigo no es el enemigo? ¿Y si el odio no es el odio, ni el rencor, rencor? ¿Cuál es el límite?, se pregunta Miriam, ¿Dónde está el límite? ¿A quién pertenece el límite? Me han borrado de la historia, decía Jorge, derrotado, ¿sin orgullo, sin dignidad? Miriam lo vio subir en el jeep de Gonzalo, y luego, inesperadamente, oyó el motor del jeep, lo vio avanzar lentamente frente a ella, doblar la esquina del parque, perdérsele de vista, y más tarde, cuando comenzaba a desesperarse, vio a Jorge regresar caminando, solo, despacio, como si temiera llegar al banco donde ella lo esperaba, como si temiera también no llegar nunca a ese banco, desaparecer. ¿Habrá discutido con Gonzalo?, se preguntaba Miriam. Acompáñame si quieres pero no digas nada, necesito caminar, pidió Jorge. Ella intentó tomarle una mano, y él se liberó los dedos, uno a uno, la miró. ¿Qué habrá dicho Gonzalo que Jorge fue incapaz de soportar?, se preguntaba. Había un rictus, un leve alzamiento del labio en la comisura izquierda, sobre el diente partido. Si esa contracción desapareciera, él podría pelear, pensó Miriam, o salir corriendo, o golpear a alguien. O tan sólo hablarme. Tenía muchas ganas de abrazarlo, de tomarlo por la cintura, de que sintiera el calor de mi cuerpo junto al suyo, la suavidad de mis manos en su pelo, de que mis labios deshicieran ese rictus, y que me peleara, o que llorara, que me dijera que yo era la culpable de algo, no importa de qué. Qué alivio cuando llegamos al parque del Neptuno y le vi las intenciones de sentarse. Me dejé caer en el otro extremo del banco, sin tocarlo aún. ¿Ya?, le pregunté. Me han borrado de la historia, dijo, no existo. Oí lo que le había dicho Gonzalo, escuché la palabra Expulsión. No comprendía, no me sentía en condiciones de comprender. ¿Jorge, ladrón? ¿Jorge, mentiroso? ¿Rechazado, expulsado de nosotros? Déjame ahora mismo, olvídate de mí, me pidió, Vete, mi única oportunidad es desaparecer, desaparecer del instituto, de mi casa, de esta ciudad, de ti. Y voy a cumplirlo. Lo besé, recuerda Miriam, como no tenía palabras, lo besé. Tú y yo ya somos distintos, me decía Jorge. Yo le había pedido protección, que no me dejara sola, y ahora se alejaba de mí. Que me fuera, por favor, volvía a pedirme. Y no me miraba, todavía. No te puedo dejar porque te amo, le dije. Mis labios no habían podido contra el rictus de sus labios. Lloré. Sus ojos permanecían secos, como la fuente inútil que se extendía frente a nosotros, bajo la estatua de Neptuno. Se acabó, me decía Jorge, Algo así debe ser la muerte, un relámpago, un clic, una vuelta de hoja, nada más sencillo. Demuéstrame que eres el Jorge de siempre, le pedí, hazlo por mí, demuéstrales a todos que la equivocación es de ellos, haz que Gonzalo, alguna vez, piense en ti con arrepentimiento. Hazlo por mí, para que yo te siga amando, para que nunca, en ningún lugar del mundo, pueda olvidarte. Demuéstrales que eres mejor que todos nosotros. Demuéstramelo otra vez, mil veces más. Nos levantamos de aquel banco de noche, muy tarde ya. Lo besé en la frente y estaba helado. Se dejó tomar la mano, abrazar por la cintura, igual que hubiera dejado que lo golpeara o lo tirara al suelo. Ven para mi casa, le propuse, duerme conmigo. Se negó. Quise acompañarlo hasta la suya. No me tengas lástima, me dijo. Me daba miedo dejarlo ir solo y me daba pena que se diera cuenta de mi miedo. Pensé seguirlo y también desistí. Su dolor no había que ensuciarlo con el ridículo. Me acosté sin comer, pensando. Tenía muchas ganas de estar a su lado, acostada con él, sin tocarlo, pero a su lado. ¿Cómo será el mundo sin Jorge? Tengo que poder, me decía, mi fuerza será su fuerza, mi orgullo, su orgullo. Que cuando yo parta, algo de él vaya conmigo. Que en el próximo entrenamiento, cuando todos me miren, no sea la vergüenza lo que encienda mis mejillas, sino la rabia. Que sepan que no lo han vencido. O que ocurra un milagro. Que esto haya sido una prueba. Que mañana Gonzalo aparezca para decir que Jorge reaccionó como ellos esperaban, que están orgullosos de su comportamiento. Así llegué a mi casa, me acosté, cerré los ojos, me fui quedando dormida, la conciencia apagándose, pero el rictus de Jorge no me daba descanso. Cuando mami abrió la puerta pensé que venía preocupada por mí, supuse que habría encontrado mi comida intacta en la cocina. Sin decir palabra me hizo ir a su cuarto. Papi estaba junto al radiecito de pilas, descifrando los fragmentos que la estática dejaba pasar. Todas las noticias son iguales, dijo, lo único seguro es que está muerto. Lo mataron a Él, me dijo mami. Mi egoísmo me avergüenza, mis pensamientos fueron peores que la mentira de Jorge. Esta noche no, me dije, esta noche Jorge no se merece que lo hayan matado a Él. Los tres nos quedamos en la misma cama, yo entre mis padres, como cuando ciertas sombras en la ventana del cuarto ahogaban mi voz en pánico y me hacían refugiarme con ellos. No sé si dormimos, no sé si los tres permanecimos despiertos hasta el amanecer. Temía llegar al instituto y no encontrar a Jorge, que su voluntad de desaparecer se hubiera cumplido. El dolor que vi en su rostro a la mañana siguiente era el mismo con que lo había dejado la noche anterior, pero Jorge era otro. Me apretó contra él, dejó que lo besara, me limpió la lágrima que no pude evitar. Vi, por fin, que me miraba. En el patio del instituto todos esperaban por él. Nunca había conocido un silencio semejante y a Jorge no le tembló el paso cuando subió los escalones de la plataforma. Jamás lo vi tan bello. Él ha muerto por todos nosotros, dijo, Hoy su grito de guerra se ha convertido en deber, la victoria que Él no verá es nuestra deuda y sabremos cumplirla. Jorge es el más valiente entre los valientes, el más puro entre los puros, decía Miriam a Gonzalo, aquella misma tarde, sentados los dos en el jeep, dando vueltas sin rumbo por las calles de la ciudad. Te llamé porque necesito hablarte de Jorge, lo estás expulsando porque no lo conoces, decía Miriam, Ninguno de nosotros ha luchado tanto como él, que se ha forjado a sí mismo, sin ayuda de nadie. Si es tan bueno, lo seguirá siendo, respondía Gonzalo. Si expulsan a Jorge todos perdemos. A veces, decía Gonzalo, hay que hacer pequeños sacrificios. Sacrifícame a mí, pedía Miriam. Tú no has cometido error alguno. Déjalo continuar, pedía Miriam, no es justo condenarle dieciocho años de vida por el error de un minuto. La vida o la muerte de cientos de personas se pueden decidir en un minuto. No con una mentira, respondía Miriam. También con una mentira. Ten piedad. Él fue excluido por piedad hacia ustedes, dijo Gonzalo y detuvo el jeep, ¿Te quieres ir tú? ¿No te sientes capaz sin el amparo de Jorge?, abrió la portezuela, dejó que Miriam saliera del jeep, que lo mirara con algo que podía acercarse al odio, tal vez a la rabia. El combatiente tiene que acostumbrarse al fusil como a sus propias manos, explica Gonzalo en el campo de tiro, Estoy entregándoles una parte de sus cuerpos que hasta hoy les faltaba, Tóquenlo, dice Gonzalo, Acarícienlo, ordena Gonzalo, Huélanlo, pide Gonzalo, Este hierro es carne de su carne, hueso de sus huesos, sangre de su sangre. Fuego, ordena Gonzalo y tanto estruendo a su alrededor obliga a Miriam a cerrar los ojos, sus manos apenas alcanzan a abarcar el fusil, sujetarlo con la firmeza que Gonzalo pide. ¿Apretó el gatillo, disparó ella también?, se pregunta cuando el silencio vuelve a imponerse. La silueta de cartón verde está delante, al parecer intacta. Hay tanto silencio ahora que a Miriam le da miedo disparar, le parece que todos están haciendo este silencio sólo para comprobar su impericia, para dejarla más sola aún de lo que ya se siente. La mirada de Miriam se detiene en el blanco, la luz de la mañana lo hace flotar sobre la yerba, lo empequeñece, el punto de mira se diluye cuando Miriam intenta fijarlo, Apunten al centro y borde inferior, había dicho Gonzalo, Que el disparo los sorprenda, y Miriam acaricia el gatillo, lo trae hacia sí y la explosión de la ráfaga junto a su oído la ensordece, siente en el hombro el dolor del golpe de la culata. Alto al fuego, vuelve a gritar Gonzalo y camina hasta Miriam, le quita el fusil, dispara al aire las dos balas que quedaban, Alto al fuego dije, ruge Gonzalo, y devuelve a Miriam el fusil, el cargador vacío.

Todavía el sol no se ve, sólo hay haces de luz que pasan entre las hojas, recortándolas sobre las cortinas que el polvo y la neblina forman en la semipenumbra del amanecer, y ya Ileana siente pegada al cuerpo la camisa de grueso poplín, ardiéndole en los ojos el sudor que gotea desde la frente, y una molestia aún pequeña donde la caña de la bota roza la pierna izquierda. No preocuparme, se repite, No sentir, esto es el comienzo y voy a llegar, que no ocupe mi mente otra idea, se repite, y mecánicamente va contando los pasos, hundiéndose en una reiteración de cifras que, sabe, tampoco le servirá de mucho contra el cansancio y la distancia. Tienen que estar en el campamento antes de la una de la tarde, dijo Gonzalo al bajar de los camiones, todavía sin un destello de luz que enrojeciera el cielo, Yo iré delante, traten de permanecer unidos, cuando el trillo se bifurque tomen siempre el que va a la derecha, quien se crea perdido haga un disparo al aire, el que haga ese disparo será inmediatamente descalificado, quien llegue al campamento después de la una perderá un punto por cada cinco minutos que demore, el que pierda diez puntos habrá desaprobado. Si supiera cuántos kilómetros tengo que caminar, piensa Ileana, Si pudiera llevar la cuenta de los que he dejado atrás. En un territorio desconocido, dijo Gonzalo antes de partir, muchas veces será preciso caminar sin saber con claridad cuál es nuestro destino, sin un mapa, sin una brújula, sin una idea de la topografía, sin conocer las fuentes de agua y, tal vez, ni siquiera las posiciones del enemigo. El camino aún no sube por las lomas que Gonzalo ha anunciado, pero algo de pendiente hay ya, cierta dificultad, el molesto peso de uno mismo y su carga al poner un pie delante del otro, un poquito más arriba que el otro, y que la pierna tire hacia arriba, que el muslo empuje, que los bíceps y los cuádriceps se tensen, que algún dolor comience a cosquillear cerca de la rodilla, que la espalda ya se doble para llevar mejor el peso de fusil y mochila. Tengo que ser la primera de las mujeres, se dice Ileana, si estamos en el grupo es porque hacen falta mujeres, y siempre será necesario al menos una elegida. Ileana mira hacia atrás, las curvas que el trillo traza le impiden ver a quien la sigue, pero no muy lejos se oyen voces, alguien al que, viniendo ya un tanto rezagado, todavía le quedan fuerzas para reírse. Todas están detrás de mí, se dice, ninguna se dio cuenta de lo que perseguía cuando las fui pasando, una a una, en los primeros metros, huyendo de sus conversaciones. Administren las fuerzas, aconsejó Gonzalo, no pueden rezagarse pero el que corra no llegará al final, dijo después de quitar los relojes, Aprendan a guiarse por el sol. ¿Qué es correr?, se pregunta Ileana, ¿Cuántos varones habrá delante de mí? Si pudiera verlos, se dice, Si en vez de ir encerrada entre árboles y lomas tuviera frente a mí la distancia pura, extendida hasta donde ellos quieran pero visible, que yo diga Allá y allá sea un punto, o incluso tan sólo la ilusión de un punto al que mis piernas se puedan ir acercando y no este desconocer y pensar, oír un ruido de pájaro que vuela, de rama que se parte, de cuerpo que camina sobre las hojas secas y no estar segura de que sea persona que va a distancia posible, alcanzable con un poquito más de esfuerzo, o que está no tan cerca y el silencio del monte lo aproxima, o ni siquiera sea persona sino vaca suelta, caballo que ramonea los arbustos de la orilla del camino, o que sea persona pero no de los nuestros, sino campesino, que alguno ha de haber, y a lo mejor tiene un reloj y puede decirme Calma, muchacha, es temprano. La molestia de la pierna izquierda ya es francamente ardor, e Ileana se lamenta de no haber echado en la mochila las curitas que quedaban en el botiquín de su casa. Las tenía anoche en su mano cuando la madre la vio, le preguntó si se había herido, Mañana tenemos trabajo voluntario, explicó Ileana, y me da miedo que se me hagan ampollas. Otra vez, protestó la madre, y buscó en la bodega un par de guantes que ahora son carga inútil en la mochila. ¿Te esperamos a almorzar?, dijo la madre, e Ileana sabía que la pregunta real era ¿Regresarás muy tarde? Guárdame la comida, pero no me esperes, respondió, que era como decir Vendré muy tarde y tan cansada que no soportaré un regaño. Qué vida la tuya, dijo la madre, ¿Pediste permiso a tu padre? No, dijo Ileana, no es asunto suyo. Por favor. No lo perdono, insistió Ileana. Él lo hizo porque te quiere. Prefiero el respeto al amor, dijo Ileana. ¿A qué hora tienes que irte? Muy temprano. Tu padre tendrá que acompañarte. Puedo irme sola. Déjame hablar con él. No puedo prohibirte que hables con tu esposo. Le diré que en el instituto te obligan a ese trabajo voluntario. No le mientas en mi nombre, iba a decir y prefirió que la palabra mentir no saliera de su boca. Y ya acostados todos, escuchó de un cuarto al otro las protestas del padre, la voz suplicante de la madre, y decidió que saldría más temprano aún, enfrentar sola las calles oscuras, los ómnibus con sólo un pasajero, que cuando la madre se levantara a hacer el café, ya su cama estuviera tendida, un vaso menos de leche en el jarro de aluminio, un trozo cortado a la barra de pan, una lasca rebanada al queso blanco, y también, pensó en la noche, escuchándolos, otra foto de Él devuelta al portarretratos de la sala. Que mi padre reviente, pensó, Que le dé hoy el infarto que aquel día la naturaleza le negó. Pero no se atrevía a dejar sola a la madre con ese disgusto, ni tenía otra foto de Él digna del portarretratos de la sala. La que el padre quemó la había recortado hacía mucho tiempo de una revista que encontró en la biblioteca, Él cubierto por la boina verde, un tabaco en la mano que viene o va a la boca que sonríe con picardía o satisfacción, quién lo sabría ahora, ni siquiera el fotógrafo, que ambas expresiones fueron posibles en un hombre como Él. La mañana en que amaneció con la noticia de su muerte la foto estaba en la mesita de estudio, y había libretas sobre ella, lápices también, sólo la punta del tabaco era visible. ¿Quién puso esta foto aquí?, preguntó el padre esa noche, molestísimo ya, en las manos el portarretratos que desde que Ileana tiene memoria ha adornado la mesa de la sala, siempre con una foto de ella cambiada de año en año, o cada dos años, o según fueran aconsejándolo el crecimiento o la belleza aún mutante pero cada vez más notable de la que todavía la madre nombra como mi niña. El padre había pasado quién sabe cuántas veces frente a la foto de

Él, yendo de la bodega a la cocina a buscar el buchito de café con que se va entreteniendo durante el día, de la bodega a su cuarto a buscar otro lápiz para sus cuentas o la cuchilla de sacarle punta, de la bodega al comedor cuando dieron las doce y el almuerzo estuvo servido, del comedor al cuarto en el momento de dormir la siesta, del cuarto al baño y a la bodega cuando fue tiempo de volver a abrir el establecimiento, pero sólo a prima noche, al sentarse frente al televisor, llegó a verlo en el portarretratos, el tabaco de Él como invitándolo a una fumada, la sonrisa de Él provocándolo. ¿Quién puso este retrato aquí?, volvería a preguntar, mirando todavía a su esposa, sabiendo que ella nunca hubiera osado, pero sin atreverse, por mucho que grite por tercera vez, a llamar a Ileana por su nombre. ¿Qué pasa?, respondió Ileana. En mi casa se ponen los retratos de la familia, dijo el padre, quitando ya la foto de Él de donde Ileana la había colocado. Déjalo, por favor, pidió Ileana. Dame acá tu retrato. Te pedí que lo dejaras. Unos días nada más, rogó la madre, una semana hasta que se le pase la impresión de esa muerte. Búscame tu retrato, insistió el padre. Ileana entró al cuarto, volvió con su foto. Tómala, dijo, y la rasgó mitad y mitad, ¿La quieres así?, y como parecía que aún podría componerse, rasgó a la mitad las dos mitades que ya había, y luego esas dos en dos más, y ésas en otras dos, hasta que a sus manos le faltaron fuerzas para romper tantos trozos de papel de una sola vez. Al padre le fue suficiente ver los primeros pedazos, ya había quitado del portarretratos la foto de Él, y ahora encendía la fosforera, la punta de la llama comenzaba a tocar un vértice, había un parpadeo de la lengua roja, un disminuir, la punta del papel doblándose hacia arriba, la llama yendo de rojo a azul, regresando a rojo, y luego, ya, tomando fuerzas, subiendo, rozando la mano del padre que hizo caer el papel encendido, y lo abandonó, la foto de Él quemándose en el suelo, retorciéndose en sí misma, dejando un montoncito de cenizas que la madre barrerá junto con los restos de lo que fue el retrato de su niña. Quiero que conversemos sobre la muerte de Él, propuso Gonzalo la mañana siguiente, cuando se reunieron todos, al terminar el ejercicio de tiro, Que cada uno cuente lo que sintió al conocer la noticia, o lo que hizo después, o lo que hubiera querido y no pudo, o no tuvo valor de hacer. ¿Por qué no dije nada?, se pregunta Ileana ahora, en medio del monte, olvidada un poco ya del ardor que la está obligando a caminar con la bota inclinada hacia fuera, el dedo meñique recibiendo el peso de todo el pie, seguramente enrojecido si se decidiera a quitarse la bota. ¿Contra quién es mi vergüenza?, se preguntaba aquel día, callada, oyendo a los demás, repitiéndose a sí misma la historia que no se atrevía a contar, sintiendo que Gonzalo observaba su silencio, que ya sabía que algo estaba oculto detrás de su silencio, y preocupada porque iba siendo la única que no contaba nada.

Es suficiente, ordenó Gonzalo, mirando el reloj, cuando ya todos los demás habían hablado y ella esperaba que pidiera ¿Y tú, Ileana? Debe ser uno de nosotros, se dice Ileana al oír una tos repetida y al parecer mucho más cercana de lo que antes había calculado. Si me apuro lo alcanzo, piensa, y aprovecha una bajadita del camino para tomar impulso, casi correr, la culata del fusil golpeando la cantimplora que aún sus labios no han tocado. El descenso del trillo es una ilusión, un engaño para el que baja corriendo, la curva en que termina no deja ver lo que sigue, la cuesta, la subida que Gonzalo anunció y que la mirada de Ileana recorre. Recostado de un arbusto, mirándola desde arriba, fusil en bandolera, la cantimplora en la mano, el sol rompiendo por encima de su gorra verdeolivo, el mulato tímido parece un combatiente en campaña, un elegido. ¿Tienes catarro?, pregunta Ileana no tanto porque él haya tosido otra vez como para demorar la subida a la que todavía no se atreve.

¿Y por qué fue la imagen de Él lo primero que tuvimos en la pantalla del televisor, y después papá diciendo que nunca había lamentado tanto haberse convertido en un hombre que ya no vale para nada?, se pregunta Rolando. Poner un bombillo un día, detenerse al otro por falta del transformador que el padre va a conseguir la semana siguiente, no poder trabajar dos noches por su examen de literatura, y cuando al fin todo estuvo en orden, cables y resistencias y conexiones y tubos en su sitio, accionar el encendido, oír primero la voz, Otras tierras del mundo reclaman el concurso de mis modestos esfuerzos, la pantalla negra aún, surcada poco a poco por rayos que se iban ampliando, que iban desplazando lo oscuro y tomando forma a medida que él ajustaba el contraste, y luego como un golpe de luz, la reacción de un bombillo que tardó en calentarse un poco más que el resto, y la imagen de Él fue lo único que había frente a ellos, el tabaco humeante que viene o va, quién puede saberlo, a la boca que sonríe con humildad o tristeza, da lo mismo. Quienes dejaron solo a un hombre así no tienen perdón, dijo papá, y los dos nos sentamos en silencio frente al televisor, oyéndolo, olvidados del aparato que había sido su ilusión hasta ese minuto. No es catarro, sino la falta de costumbre, responde Rolando a la pregunta de Ileana, El aire limpio no me deja respirar, piensa, pero le parece inútil decir más, la muchacha ha aparecido casi bajo sus pies, el rostro encendido ya por el esfuerzo, ¿Puedes seguir?, pregunta ella y él asiente. No me detuvo la tos, podría decirle, sino las ganas de estar aquí un minuto, de mirar este camino que quizás no vuelva a pisar en el resto de mi vida, esta luz cuya pureza hasta hoy me fue desconocida. La muchacha comienza a ascender y Rolando le tiende una mano que ella aún no alcanza, da unos pasos, primero agarrándose de los arbustos que otros usaron antes y tienen el tronco pulido como mangos de bastón, y luego, uno a uno, va tocando los dedos del muchacho, asiéndose a ellos hasta apretar palma contra palma con una tibieza que Rolando agradece. ¿Ésta será Ileana, o es Gisela?, se pregunta, para él los rostros del grupo todavía son manchas difusas que apenas ha mirado como debía. La muchacha hace una pausa brevísima cuando roza a Rolando, cuerpo contra cuerpo en el trillo que apenas permite el paso de dos, los ojos de ella deteniéndose un segundo en los suyos, sonriendo aunque ya haya en ellos algo de cansancio y de ganas de llegar. Es sólo un instante esa mirada, ese detenerse, los ojos negros de Ileana fijos en las pupilas amarillas de Rolando, ella va a continuar su camino y él querría decirle Quédate un minuto, mira la maravilla que yo miro, aquel rayo de sol que ha ido avanzando pétalo a pétalo por la flor naranja cuyo nombre ignoro. ¿No vienes?, pregunta Ileana, asombrada de la paciencia de Rolando, Sí, pero no hay por qué correr, nos falta muchísimo todavía y delante sólo hay tres si contamos a Gonzalo, y no van lejos. La muchacha ha seguido subiendo, y sus pies ya están a la altura de los ojos de Rolando. Él descubre la flexión del tobillo, la incomodidad de la que ella casi se ha olvidado gracias al sacrificio del meñique. ¿Estás cojeando?, pregunta Rolando. Es falta de costumbre, responde ella, y los dos reirían si la respiración les fuera suficiente. La muchacha se vuelve y queda frente a él, se sienta en una raíz, extiende hacia Rolando la pierna dañada, Es el roce, explica, aquí arriba, y levanta el pantalón para que él vea. La media se ha corrido y donde el borde de la bota toca la piel hay un enrojecimiento, quizás, visto mejor, ya sean minúsculas goticas de sangre, casi nada si no faltaran quién sabe cuántas horas y kilómetros por andar. La magulladura está frente a los ojos de Rolando e Ileana demora el gesto, como invitando a tocar la piel lastimada, a que los dedos de Rolando pasen y alivien. Las manos del muchacho desatan los cordones, liberan los ojetes superiores, rehacen el nudo un poco más abajo, y luego toman la tela del pantalón y la hacen pasar entre piel y bota, Ya, dice, camina. Ileana se levanta, mueve el tobillo, y el pie, imaginemos, se acomoda a su gusto, prueba a dar un paso, dos, sonríe para que Rolando vea que le está agradecida, Vamos, dice, no te me quedes atrás.

Un jefe debe dar órdenes que siempre puedan ser obedecidas, piensa Gonzalo, diciéndose a sí mismo la frase que el Capitán repetía cuando ellos, aún en la guerra, todavía adolescentes, enceguecidos por la impotencia a que la escasez de recursos los condenaba o por la soberbia a que los llevaba alguna victoria, pedían ir a lo imposible, que se les ordenara lo imposible. Hace tiempo que no le escucha la frase al Capitán, pero es sabido que de todas maneras la prudencia viene con los años, Rolando e Ileana acaban de seguir su camino juntos, él cargándole el fusil, la disciplina dicta que Gonzalo tenía que habérselo prohibido, que cada cual debe llevar lo suyo, de nada servirá esta caminata si ellas van como cortejadas en parque de pueblo, Pero quién me asegura que al doblar el primer recodo, al quedar ocultos por el follaje que se cierra en el descenso de las lomas, él no vuelva a echarse al hombro el fusil que a ella le sigue pesando demasiado, y entonces no sólo pensará que la está complaciendo, sino que me ha burlado a mí, que a mí se me puede burlar. No sirven, piensa Gonzalo, Da igual que carguen o no fusiles, o que los haga llenar sus mochilas de piedras, diecinueve muchachos que debo convertir en soldados y sólo uno ha llegado fresco a mitad del camino. Junto a una poceta del río que los acompañará en la bajada de las lomas, Gonzalo dio la orden de tomarse un descanso. Llegó primero, como lo tenía previsto, y sin sentarse ni probar agua de su cantimplora ha esperado que de uno en uno, a veces de dos en dos, los muchachos vayan llegando, dieciocho hasta ahora porque ya lo impacienta la demora de Miriam. El que no pueda más que regrese solo, advirtió él mismo cuando comenzó la caminata, pero sabe que no es posible, quince minutos más sin verla y tendrá que regresar por ella, ya sólo quedan cinco a la orilla de la poceta, tirados en la yerba, alguno con los ojos cerrados, quizás dormido de verdad, que el amanecer nos cogió ya en el camino y con diecisiete años todo el tiempo es poco para dormir. Los primeros en llegar al sitio del descanso fueron Carlos y Alejandro, el campesino fresco como acabado de levantar, ni sudado se puede decir que estuviera, el otro ya cojeaba un poco, venía con la camisa amarrada a la cintura, comida por los jejenes la espalda que le arderá en cuanto el sol del mediodía los castigue en el valle sin árboles. El mulato no llegó tan mal a pesar de traer sobre su espalda el fusil que quién sabe con qué delicadezas Ileana pidió que cargara, pero antes de irse zambulló la cabeza en el agua helada del arroyo y pagará la inexperiencia con dolor en las sienes cuando el sol se ocupe de secarle el pelo. Nada bueno que decir de los demás. Llegaron en silencio, ni uno solo se ha quejado, se sabe ya que voluntad les sobra, pero basta con verles la desesperación con que destapan las cantimploras, las ganas de preguntarme cuánto falta, qué hora es. El único consejo que me han obedecido fue el de no descalzarse, se han llenado las barrigas de agua, se han acostado en la yerba sin cuidarse de hormigas o garrapatas, han caminado por el río sin recordar que al secarse el cuero de las botas apretará aún más los pies ya hinchados, alguno quiso tirarse de cuerpo entero en la poceta. Nos esperan todavía quince kilómetros, estos que están aquí difícilmente llegarán a tiempo, el camino que nos queda será en bajadas y eso disminuye el esfuerzo pero no la distancia, sobre todo porque ahora comenzarán a azotarnos el calor y el hambre. Yo mismo, con todo y ser yo mismo, no tendré cómo alcanzar a los primeros si esa muchacha no acaba de llegar. Ellos no sirven y menos sirve caminar así, por mucha montaña y kilómetros que pongamos por delante. El día en que me llamaron para darme esta misión se lo advertí al Capitán, Lo malo no es que sean estudiantes sino que estemos en paz. Yo tenía quince años cuando entré en la guerrilla, mi peso no alcanzaba las cien libras y mi altura era la misma que la del primer fusil que pusieron en mis manos. No fui soldado hasta el día en que conocí el olor de la sangre. Disparar es un juego, la pólvora y el plomo son un juego, como juego son el enemigo que cae en la distancia, lejos de nuestro olfato, la carne que revienta por culpa nuestra pero donde no la vemos. Órdenes y consejos son un juego sin la sangre. Aún tenía quince años el día en que oímos el zumbido del bombardero sobre el campamento, y corriendo hacia el refugio tuve ánimos para ver el fuselaje del avión que brillaba con el sol, el rosario de bombas que caía alrededor de nosotros, los árboles que volaban por el aire, la cadena de llamas que se nos iba acercando. La osadía es ignorancia. No tuve miedo hasta que mi cuerpo fue manchado por la sangre. No la mía, no por mi dolor. El hombre por cuyo vientre destrozado no pude hacer nada me era desconocido, apenas lo había visto en la cocina del campamento, callado siempre, haciendo lo suyo. Su fragilidad era idéntica a la mía, la esquirla que abrió su carne había rozado la mía. Pasamos la noche en el refugio, la sangre de aquel hombre se secó en mis ropas que no pude lavar hasta pasada una semana, su cadáver se descomponía ya bajo la tierra y yo llevaba aún las manchas en mi única camisa, yo limpiaba con un gesto del brazo el sudor de mi rostro y aquel olor estaba allí, ya no pertenecía a su sangre y tampoco era el de la mía, era ya sólo un olor, el olor de la vida o de la muerte, que la sangre siempre está en el tránsito de la una a la otra, de la otra a la una.

Estoy perdida, piensa Miriam, y vuelve a preguntarse si habrá llegado el momento de disparar al aire, y ponerse a un paso de dejar de ser una elegida. Un árbol le parece idéntico a otro árbol, una hoja a otra hoja, este recodo del camino al siguiente, el cielo es un mismo pedazo que se prolonga sobre su cabeza, y donde no hay más huella que el sol que no acaba de ver, y que si viera tampoco le diría mucho más de lo que ahora sabe. Voy a contar quinientos pasos y si no encuentro una señal que me diga lo contrario hago el disparo. O me siento a esperar a que suceda un milagro, que alguien más cansado que yo venga detrás y me dé alcance, que esta loma infinita se acabe de momento, que Gonzalo se dé cuenta de que falto y venga a buscarme. ¿Y cómo me va a buscar si no disparo? ¿Y si me caigo aquí mismo, ya? ¿Si me desmayo, perdida? No puedo más, va a decirse cuando toca la cantimplora seca y pasa la lengua por los labios ardientes, pero todavía tiene fuerzas para repetir que llegará, a las diez de la noche, pero llegará, aunque al dar las cuatro Gonzalo dé la orden de subir a los camiones y por segunda ocasión sea marcada con la calificación de insuficiente. La última vez que vio huellas de otros, ¿qué hora sería? Era una rama partida, deshojada y tirada unos metros más alante, y todavía le quedaban algunos tragos de agua en la cantimplora. Pero ya caminaba sola. Hace años que no caminaba sola más que las pocas cuadras que separan su casa de su instituto, el brazo de Jorge es su guía, no importa donde vayan, ella no piensa, no mira, camina y siente el brazo de Jorge, intuye en el brazo de Jorge que doblarán una esquina, que se detendrán frente a una puerta, que cruzarán una calle antes de que el semáforo cambie las luces. Si cerrara los ojos, ¿sentiría el brazo de Jorge sobre su hombro? ¿Qué haría en este instante el brazo de Jorge? No estaría perdido, no estaríamos perdidos. Cuando bajaron de los camiones, aún a oscuras, Gonzalo los hizo formar en pelotón, tres escuadras alineadas, ella cuarta en la del centro, Que haya otros alrededor, que caminemos juntos, rogó. Las hileras echaron a andar, la fila se mantuvo en orden por un tiempo, marchaban aún por un espacio amplio, un terraplén por el que los camiones hubieran podido avanzar un poco más, luego fueron entrando en el monte, las ramas rozándole el rostro, el fusil chocándole en las piernas, enganchándose con las guías de alguna enredadera, y la fila fue estirándose, Que no se rompa, se decía Miriam, que Gonzalo diga que tenemos que andar en orden, que nos dé un número, que prohíba adelantar al que me sigue. Poco a poco los que estaban detrás fueron pasando a su lado, alguno le palmeaba un hombro, le decía Vamos, apúrate, no te quedes, pero ella los veía irse, sus pies no estaban habituados a calzar botas de media caña, no sentía dolor en parte alguna, ni ardores o roces indebidos, sólo el peso y la incapacidad del cuerpo. Pesaban los pies, pesaban las botas, pesaban las piernas, y más tarde también pesaron demasiado el fusil y la mochila, y las últimas figuras se le fueron alejando, quedaron voces, rumores de pasos, alguna vez en que el grupo se detuvo a tomar un aire pudo acercarse, verlos de nuevo, pero volvía a perderlos, a tener delante sólo el murmullo de sus palabras, alguna risa repentina, luego el silencio, un ruido que imaginó de fusil contra cantimplora, y después ya, al iniciarse el ascenso de las lomas, tuvo la certeza de que era la última y caminaba sola, de que en kilómetros sólo estaba ella. Siempre a la derecha, había dicho Gonzalo, y una y otra vez ha visto el trillo abrirse o cerrarse o diluirse en la maleza, y ella decidiendo sola, buscando siempre a su derecha, temiendo no ver un brazo del camino que se abra casi a escondidas, oculto detrás de un árbol o una enredadera, tratando de oír otra vez esas voces que ha perdido, que la han perdido en el silencio del monte, con la sensación de que camina hacia ninguna parte, de que avanza por el fondo de un pozo interminable. El escándalo del monte es su silencio, piensa cuando suenan las copas de los árboles al ser mecidas por el aire, cuando suenan las hojas secas que sus botas pisan, el polvo que levantan, cuando suena a lo lejos un gorjeo, un picotear, un batir de alas, cuando suena un grillo, una rana, un silbido que puede ser de lagartija o majá, no sabe, y cuando suena la humedad, y suena el calor, y suena la luz y todo se confunde en el mismo silencio. Todo menos su voz. Hace mucho rato, cuando se sintió perdida por primera vez, gritó. Dijo como un nombre, sílabas que le oyeran si había alguien todavía a la distancia de un grito. Su voz se quedó sola en el silencio del bosque, sola y extraña como un disparo, o como ella misma. Un súbito rayo de sol da en sus ojos. Un milagro, se dice. Delante la vegetación ralea, y puede ver que en la cima no hay más que un árbol mayor que cuantos ha visto hasta ahora y el cielo, cuya luz de repente la ha cegado. No hay arbustos de los cuales sujetarse en la subida de los últimos metros, y llega casi a gatas, agarrándose de los yerbajos que pinchan sus manos, las rodillas por tierra, el fusil cayéndosele. Ha llegado. No sabe adónde pero al estar bajo la sombra de este árbol intuye que ha llegado. A sus pies una roca parece esperar el descanso del que camina y frente a ella todo se abre en azul y verde, el cielo limpio que baja hasta otras lomas cercanas, el valle que parece trazado por mano de pintor. El aire enfría el sudor de su cuerpo y la hace sentirse desnuda, y más pequeña aún de lo que es, como si la estuvieran mirando desde el valle o desde la copa del árbol. Tiene ganas de gritar, de decir un nombre, el nombre de Jorge. Pero teme la respuesta del silencio.

Que aparezca, se dice Alejandro al mirar hacia la calle, Que la vea, pide, que me mire y que en su mirada encuentre yo perdón, ruega, asomado ya al muro, la calle abajo, vacía por el momento aunque, dada su impaciencia, un momento son todos los momentos. Había pedido a Maritza que lo esperara, le había dicho que debían regresar pasadas las tres, y estaban al dar las cinco y media cuando Carlos y él llegaron al edificio, todavía no al apartamento. Entre el baño y ellos, la comida y ellos, el descanso y ellos estaban aún las escaleras, y nada es peor cuando se han caminado quién sabe cuántos kilómetros y ya no son los pies sino todo el cuerpo lo que pesa y duele. Carlos prefirió subir descalzo, El frío de los mosaicos, dijo, reanima la circulación. A Alejandro no le quedaban ánimos para agacharse a desatar los cordones, movía aún los brazos como si fusil y mochila siguieran colgados de su espalda, tosía, Te estás ahogando, decía Carlos, Tengo catarro, respondía él, Hace un mes que no toco el inhalador. Maritza tiene que haberse ido, pensaba Alejandro, allá arriba sólo debe de estar

Lucila con su mal genio, a ver cómo Carlos explica que lleguemos a esta hora, no con las manos ampolladas, como se esperaría de personas que estaban cortando caña, sino con los pies llagados, y estas dos horas pasadas encima de los camiones, dormitando, mientras Gonzalo buscaba a la muchacha perdida. Acaba de dejarla, le decía a Carlos· cuando venían, Conozco a Lucila y no va a soportar que faltes los fines de semana, no acompañarte del mediodía a la noche, como ha hecho hasta ahora, mentira sobre mentira irán diciendo alguna verdad, y en este caso alguna verdad será toda la verdad. Abrieron la puerta y ambos tuvieron un minuto de extrañeza, algo que era pero que no, el blanco de las paredes reluciente, el piso de granito limpio, las puertas del balcón abiertas, y además una maceta, un helecho, pequeños charcos que aún brillaban en las ondulaciones del piso, faltaban las tendederas que cruzaban la sala, faltaban manchas en las puertas, cambiados de lugar el sofá y los butacones, brillante también la baquelita negra del teléfono, un tapetico de encajes puesto entre el aparato y la mesa que lo sostenía, Maritza que parecía estar despertando, los ojos achinados por el dormir, sus labios tocando los labios de Alejandro, ¿Te gusta? Alejandro fue llevado al baño, aplazados el hambre y el sueño por el orden que Maritza pedía, ¿Quieres que te bañe primero, y después comemos, y luego nos acostamos un rato?, como la madre que espera al hijo que andaba haciendo no importa

71

qué, o la esposa que prepara el hogar para el marido que llegará cansado del trabajo. Carlos había ido a su cuarto, Lucila, explicó Maritza, está durmiendo. No ha salido de ahí en toda la tarde, comentó cuando Carlos hubo entrado y creyeron oír voces que discutían. El calor de la tarde y la insolación que amenazaba al cuerpo de Alejandro permitían una ducha fría, el chorro de agua golpeándole la piel, las manos de Maritza frotándole la espalda, el pelo arenoso, el cuello donde la correa del fusil dejó su marca, Alejandro tosía, Tienes que cuidarte ese catarro, decía Maritza, No es nada, insistía él, sus manos llevando las de Maritza a partes del cuerpo que estaban pidiendo ser tocadas, a pesar del cansancio y los dolores que recorrían otros miembros, no ése, Después, dijo Maritza, Cada cosa en su momento, pero algo toca, aunque sea con maneras de quien cumple labores de limpieza, los dedos rascando, yendo de aquí a allá, provocando la espuma y enjuagándola, un beso en la espalda antes de secarla, un beso de él en el cuello de ella, un botón zafado en la bata de casa cuando se oyó el timbre del teléfono y Maritza escapó. Déjalo, pidió Alejandro, los timbres cortos repitiéndose en la sala. Yo voy, insistió ella, se secó las manos, abandonó la toalla sobre la espalda de Alejandro, ahí te puse ropa limpia, la semana que viene tengo que darle una buena fregada a estos azulejos. Los pies desnudos de Alejandro fueron dejando una huella de humedad en el piso del baño, del pasillo que conduce a la sala. Es para ti, dijo Maritza, corre. El agua del cuerpo de Alejandro seguía cayendo en el mismo lugar, un solo charco creciendo a sus pies. Ale, corre, que es tu mamá. Cuelga, ordenó Alejandro. Ale, tu mamá, insistía Maritza, un leve énfasis en el tu, como si la reacción de Alejandro se debiera a que había escuchado mal, y todavía dijo Un momento al auricular cuyo micrófono había tenido la delicadeza de cubrir. Que cuelgues. Está aquí, Sí, ya viene, siguió diciéndole Maritza al teléfono. Las gotas de agua avanzaban ahora por el granito pulido de la sala, la mano de Alejandro arrebató el auricular, colgó con violencia, hubo una mirada cuyo odio Maritza no entendía, una patada hizo volar la mesita del teléfono, el aparato cayó, una astilla negra marcó su triángulo contra el beige claro del piso, el tapete de encajes mojándose a los pies de Alejandro. Maritza regresó al cuarto corriendo, sin decir palabra, Alejandro se sentó en el piso, los dolores le habían abandonado el cuerpo, el pecho se le apretaba un poco más, tosía, en el auricular sólo se escuchaba ya el sonido uniforme del tono de discar, Carlos y Lucila miraron a Alejandro desde el pasillo pero él no sabía que estaban allí, como tampoco veía el teléfono, la astilla, la mesa que sus pies tiraron. La puerta de su cuarto se cerró, la puerta de la calle se abrió, él sólo vio la mano de Maritza, más bien los dedos de Maritza en el instante en que abandonaron el borde de la puerta, y luego el golpe de las maderas y el llavín, el brusco movimiento del aire que movió las demás puertas del apartamento. Que aparezca, se dice al ponerse de pie y caminar hasta el balcón, Que la vea, se repite, como en un ruego, Que me mire, y tose, se ahoga, los bronquios le pican. Y Maritza aparece. Desde la altura que Alejandro ocupa fue primero el pelo, luego las flores del vestido, el paso rápido, muy rápido, de persona que va molesta, que quiere alejarse, Que mire, pide Alejandro. Y Maritza mira, sólo un segundo.

Se fue llorando, le asegura Alejandro a Carlos, ya de noche, solos en el apartamento, Estoy convencido de que vi lágrimas, de que no me miró con odio sino con dolor, como quien no comprende. Carlos prepara el maletín con que regresará a la beca, dobla con cuidado las camisas de uniforme que Lucila planchó mientras la tarde del domingo se le iba esperando por ellos, el almuerzo enfriándose en la cocina, ya está en el maletín la ropa interior que Lucila había lavado, en el fondo las cajetillas de cigarros que el padre de Lucila manda todas las semanas. Debía llamarla pero hay cosas que no pueden explicarse por teléfono, dice Alejandro, Mi mirada tiene que haber sido idéntica a la de ella, yo en sus ojos vi lo que sentía en los míos. ¿Por qué al verla con el teléfono en la mano, hablando ya no con la telefonista sino con mi propia madre, me pareció que eran lo mismo, que Maritza era como una enviada, la reencarnación de mi madre? ¿Por qué en ese segundo la odié y cuando el teléfono y la mesita estaban en el suelo, yo mismo ya en el suelo, no comprendía, el odio me había abandonado pero también la razón, y sólo cuando oí el golpe de la puerta Maritza volvió a ser Maritza y ya no el fantasma de mi madre? Alégrate, querría decir Carlos, Ya te quitaste a esa mujer de encima, pero no es justo que Alejandro escuche palabras que en verdad poco tienen que ver con Maritza y sí con lo que Carlos viene rumiando desde la subida de las lomas. Durante las dos horas y media que pasó acostado en el camión, en espera de la muchacha perdida, los ojos cerrados no por sueño sino por las reverberaciones del sol que los rodeaba, pensaba en Lucila. ¿Qué es el amor?, se preguntaba Carlos, ¿adónde me conduce? ¿Es egoísmo el amor? Dejar que pasen los meses, mantenerla ajena a todo, como Gonzalo exige. Y desaparecer, no dejar siquiera la evidencia de una carta. Que un día Lucila llegue al apartamento y esté cerrado, que le escriba a mi madre y una ignorancia se confunda con la otra, ¿se lo merece? ¿Que hoy mismo le diga Ya, estoy cansado, hasta aquí llegamos, y ella no entienda y yo no pueda explicar lo inexplicable? ¿Y si al llegar estuviera molesta, como es de suponer, la tarde del domingo perdida, horas de no hacer nada en el apartamento vacío? ¿Y si por segunda vez en tan poco tiempo su soberbia la llevara a no hablarme, a hacerse la que me ignora, la que no concede el perdón tan fácilmente? ¿Y si yo fuera a besarla y apartara los labios, fuera a tocarla y escurriera el cuerpo, le preguntara por sus estudios y me respondiera el silencio? Acostado en la cama del camión, Carlos pensaba y su mirada no se fijaba en objeto alguno, podían sus ojos estar cerrados o abiertos y no sería importante. De todas formas, palabras o ideas ocurren también como visiones, apartamento, Lucila o plato de comida dibujaban sus contornos o se superponían en un espacio vasto e impreciso, sólo que una abeja digamos que real o tangible pasó zumbando cerca de donde Carlos descansaba, sus ojos siguieron el vuelo del insecto por entre los combatientes dormidos, la abeja por un momento paralizó su aleteo y descendió en una cabeza, Carlos iba a despertar a la durmiente pero las patas no llegaron a posarse, fue sólo un roce, un probar y seguir de largo, la abeja remontó el vuelo, al parecer convencida de que entre los árboles que cubren el camión encontraría mejor destino que en esos cuerpos vencidos por la fatiga. La mirada de Carlos, en cambio, retornó a la cabeza amenazada, la belleza de Ileana no es menor cuando cierra los ojos y el pelo negrísimo y desordenado le cubre una mejilla. Carlos pensó que hubiera valido la pena que la abeja se quedara, su mano habría tenido un pretexto para tocar y despertar y recibir un agradecimiento, quién quita si hasta un beso. ¿Y será necesaria una abeja?, se preguntaba Carlos, mirando aún las gotas de sudor que bajaban por la frente de Ileana, las mejillas que el sol enrojeció, los ojos oscuros que por un momento se abrieron, parpadearon, advirtieron que estaban siendo mirados, las cejas que se arquearon, el rostro que sonrió. Qué calor, dijo Ileana, ¿No ha llegado Gonzalo?, preguntó. Carlos negó, Puedes seguir durmiendo, dijo, ¿Quieres agua? Ileana acomodó su cuerpo, Ya no sé cómo ponerme, y volvió a cerrar los ojos. ¿Y si Ileana volviera a abrir los ojos y me dijera acompáñame al río? ¿Y si yo le dijera a Lucila Vete, te amo mucho pero te soporto menos? La soporto tanto como la amo, la amo tanto como la soporto. Y no es cuestión de sumar un tanto aquí, restarlo por allá. ¿Y si me pidiera perdón, me jurara que será capaz de sofrenar la soberbia? ¿Y si se fuera, para siempre? Dejarla sola, creyendo que no la amo. Quedarme solo, siete meses. Veintiocho semanas. ¿Y si no me quedara solo?, se preguntaba aún Carlos cuando al llegar al apartamento oyó de boca de Maritza que Lucila dormía, ¿Lo debo hacer? Estaba acostada y no fue necesario despertarla, Estás hecho un desastre, dijo, Ven, dame un beso. Carlos se arrodilló junto a la cama, Me gusta ese olor tuyo, dijo ella, la nariz rozando el cuello ardido por el sol, Tan fuerte, tan de hombre, las manos desabotonando la camisa, la nariz recorriéndole el pecho, las axilas, Te extrañé tanto, toda la tarde aburrida en este cuarto, esa Maritza allá afuera, tirando cubos de agua, creyéndose la dueña de la casa, pidiéndome que cocinara para los cuatro, pobre Alejandro. Es ya de noche y Carlos acaba de acomodar la ropa en el maletín, corre el zíper que se está rasgando, la tela descolorida, sin fuerzas para sostener lo que lleva y trae de la beca semana tras semana. Basta con que soporte unos meses más, se dice, y pasa los dedos por la rajadura. Dame un cigarro, pide Alejandro, y le contesta el timbre del teléfono. Alejandro duda, los timbres siguen sonando en la sala, Dale, dice Carlos, responde, tiene que ser Maritza. ¿Y si Lucila pudiera ir con nosotros?, piensa Carlos. Los timbres cesan, Oigo, oigo, insiste Alejandro y se sienta en el sofá, Colgaron, dice, y pide a Carlos que esperen un minuto más. Carlos se sienta, el maletín sobre las piernas, ¿Hablar con Gonzalo para pedirle que Lucila vaya con nosotros?, se pregunta, quita a Alejandro el cigarro ya encendido, No puedes fumar tanto, le dice. Volvamos a la realidad, se aconseja.

Maritza está sola en su cuarto, el teléfono sobre la cama, el auricular aún en su mano, si alguien abriera la puerta no sabría si está disponiéndose a discar un número o si la gravedad de lo conversado la mantiene inerte. ¿Y por qué no me siento capaz de contarle la verdad?, se pregunta, Oigo su voz y la voluntad me abandona, no quiero mentirle y el valor no me alcanza para decírselo todo. Discar otra vez, se dice, no permitir que pronuncie una palabra, decirle Eres tú quien debe perdonarme, la tarde en que me encontraste esperándote no estaba allí por amor sino por despecho, nada tendrías que ver con esta historia y algo te puso frente a mí, no digo Dios, no digo el destino, quizás fui yo misma. Cuando mamá me dio la noticia de que nos vamos del país tu voz repetía seis números en mi mente. ¿Cómo definir esto de que tú sin conocerme me adivines, que te despidas dejando seis números en el aire para mí, que soy incapaz de olvidar una cifra? ¿Sabías ya que era la única en aquella multitud que podía recordar ese número un día, una semana, un mes, un año más tarde? ¿Lo intuías, al menos? ¿Me habías elegido ya, no entiendo cómo ni por qué, en el instante en que tus pasos tropezaron con los míos? Es la voluntad de tu padre, decía mamá, y lo único que puede salvar a nuestra familia. Yo no entendía bien lo que ella decía, lo que había en mi cabeza eran seis cifras dichas por tu voz, ¿Salvarme a mí?, pregunté a mamá. También a ti. ¿Y mis estudios? Allá seguirás estudiando. ¿Y mis amigos? Tendrás otros. ¿Y mi cuarto, y mi cama, y mi almohada, y mis fotos, y mi mesa de noche, y mi closet, y mi pared, y los dibujos de mis mosaicos, y mi techo, y mi lámpara, y mi ventana, y lo que se ve por mi ventana, y mis libros, mi regla de T, mi regla de cálculo, mi papel alba, el pupitre donde me siento, y mi calle, el árbol de las falsas orquídeas que robo camino a la Universidad, el banco de la parada donde me siento a esperar la guagua, los rostros que conversan a mi alrededor cada mañana, casi siempre los mismos, y mi taza del café con leche, mi cucharita de plata, mi vaso de cristal labrado, mi lápiz de cejas, mi creyón de labios, mi hebilla de carey? Obedece, dijo mamá, sé que es difícil comprenderlo pero no quedan alternativas, Tú padre ya no puede ser libre en un país donde se lo han quitado todo, y lo vigilan, le escuchan cada palabra, le siguen cada paso que da. Habías prometido llamarme aquella noche, piensa Maritza que quisiera decirle a Alejandro, Dieron las nueve, dieron las diez, dieron las diez y media, olvidé mi orgullo, marqué las seis cifras que habías gritado para mi memoria, el timbre sonó, yo quería que estuvieras del otro lado de la línea, el timbre no se interrumpía y yo lo dejaba sonar, llamé el martes, llamé el miércoles, sabía que estabas en la beca, que sólo el sábado regresabas al apartamento cuya dirección habías escrito en el portavasos del club donde dejé que me besaras, no podía causarte daño que llegara otra vez a tu casa y te diera un beso, iba a contártelo todo, yo no había puesto en mis labios la palabra amor, yo necesitaba un hombre y tú estabas ahí, ésa es la única mentira que te he dicho, nadie jamás había llegado a mí con una flor en la mano, nadie nunca me había besado como tú lo has hecho, jamás había tocado antes el sexo de un varón, tu piel es la primera que se desnuda delante de mi piel, la única que he tocado con mi cuerpo desnudo, llegué a ti aquella tarde en que ya no me esperabas como quien se dispone a un sacrificio, entré en tu cama como quien va a entrar en la muerte, así imagino la muerte, dulce y fugaz, yo sólo estaba cumpliendo un rito, un acto de arrogancia, una venganza, no sé, tú tampoco tendrías que saberlo, iba a decirte Esto es todo, olvídame, tal vez también hubiera dicho Gracias, aquella madrugada oí gritos, sólo esperaba un vaso de agua y tú no venías, salí a la cocina y te vi, había una gota de sangre en tu pie, ustedes hablaban de la muerte, decían el nombre de Él, yo no tenía ojos más que para verte desnudo, me dieron ganas de limpiar con mi lengua tu gota de sangre, no pude decir Olvídame, piensa Maritza que contará a Alejandro, No puedo decirlo ahora que el golpe de tu mano pasó tan cerca de la mía, Ahora que conozco la mirada de tu amor y también la de tu odio, Ámame antes de que me pierda, quisiera decir Maritza, Perdóname mientras nos quede tiempo, pero la mano cae y el auricular regresa a su sitio.

Un pelotón tiene que ser un organismo vivo, explica Gonzalo ante los elegidos, en el que ustedes sean como las células. De nada sirve la vida de una partícula sola, el organismo no vive sin la vida de ustedes, sin la vida que se establece entre tú, y Gonzalo toca el hombro de Ileana, Y tú, la cabeza de Alejandro. Pero si alguna de sus células se enferma, y Gonzalo deja la mano en la silla de Carlos, Ya sea porque está invadida por el más común de los virus, o por cualquier tipo de bacteria, o porque su cadena genética se trastocó, vaya usted a saber por qué, esa enfermedad, ese estornudo, o fiebre, o deformidad de la célula amenaza a todo el organismo, y la mano de Gonzalo hace un círculo que abarca las cabezas todas, Cada uno de ustedes va a ir sintiendo esa amenaza, reaccionando contra ella, y señala a Carlos, alguien se ríe, tal vez, piensa Rolando, por el ella con que alude sin querer a muchacho tan desprovisto de ambigüedades. No queda entonces más remedio que unirse contra el mal, imponérsele, combatirlo, hacer lo imprescindible para que esa célula enferma se cure y, si no quedara otra alternativa, aislarla, los dedos de Gonzalo, moviéndose como tijeras, van dibujando un círculo en torno a la cabeza de Carlos, Cortar sus vínculos, amputarla, porque siempre será mejor perder esa célula que arriesgar la salud de todo el sistema. Claro que eso es lo último que un organismo querría para sí, hay mucho que hacer antes de llegar a tales extremos, Aquí adentro, y se toca a sí mismo, todo es más complicado, hay anticuerpos, y glóbulos blancos y vaya usted a saber cuántas cosas que la ciencia ignora todavía, pero aquí, y sus manos vuelven a trazar un círculo que toca no sólo las cabezas, sino el ámbito todo de la habitación que les sirve de aula, personas y sillas, paredes y pizarrón, ventanas y techo, Cada uno de nosotros tiene que cumplir esas funciones que adentro corresponden a varios, no somos un cuerpo humano sino algo más primitivo, y alguien, tal vez el mismo, se vuelve a reír, Algo menos especializado, pero necesitamos ser tan eficientes como este organismo, y de nuevo manos en la cabeza de Carlos, ahora sí, piensa Rolando, con absoluta razón, Y no como una frágil lombriz de tierra, o como una esponja, o un hongo. ¿Y cómo defender el organismo que somos?, piensa Rolando, ¿si adentro estamos en guerra? ¿De qué otra manera curar, cortar, expulsar la célula enferma? Lo mejor para el organismo, comenta Carlos, es que, si no hay solución, la célula enferma se destruya a sí misma, en medicina a veces se habla del suicidio de las células. Y en el organismo, dice Ileana, entusiasmada con la propuesta de Carlos, quedará una tristeza y también como un agradecimiento hacia esa que se sacrificó por todos. Y nada de discriminaciones, nada de rencores, querría agregar Rolando, nada de esas otras enfermedades del alma que a veces son peores que virus y bacterias. De acuerdo, dice Gonzalo, así sería perfecto, pero la célula no es capaz de entender, puede que ni siquiera se dé cuenta de que está enferma, que el instinto de conservación la lleve a simular, a engañarse a sí misma, y si la tal célula es un poquito egoísta, nada más que un poquito, o pongamos por caso que se crea mejor de lo que en realidad es, o piense que el lugar que ocupa entre nosotros equivale al corazón del organismo, o a su cerebro, opinaría que si falta lo dejará inerme, o tonto, nunca querría abandonarnos, para ella su suicidio conllevaría nuestra muerte. ¿De qué estamos hablando?, se pregunta Rolando, ¿del bien y del mal, o de lo bueno y lo malo, parejas de palabras que parecieran las mismas y nombran a veces lo opuesto? Pongamos por caso, levanta la voz Rolando, seguro ya de que tiene algo que decir, Alguien a quien falten aptitudes, o destrezas, y que ese alguien, es sólo un ejemplo, estamos hablando de organismos y células, no de personas, haya sido incapaz de dar en el blanco, sus manos no pudieron tener en su sitio el fusil, y que al caminar llegara al destino fuera de hora, o no tuviera fuerzas siquiera para salvar eso que algunos llamaron montaña y no pasa de ser loma común y corriente, manchita, rayita o nada en un mapa del país, y quedara en el camino, ¿estaría enfermo? La diferencia del cuerpo, o su debilidad, que es el caso, ¿se condenan igual que la mentira, o la traición, o la cobardía, o el abandono de la fe? Si el débil se empeña en continuar, ¿será por orgullo, por exceso de amor a sí mismo? ¿Nos contamina el débil su debilidad? Nos pone en peligro, dice Gonzalo, toma de la mesa algo que parece una pastilla de jabón de lavar, Esto, y la levanta donde todos puedan verla, Mata. Deja la pastilla en la mesa, muestra una pequeña cápsula de metal, pareciera el casquillo vacío de una bala de pistola, Esto explota también, un poco menos, quizás no lo suficiente para matar a nadie, pero si se comete el error, o la debilidad, y mira a Rolando, de apretarlo por aquí, y señala lo que sería la base del casquillo, saltan esquirlas, a los ojos, por ejemplo, o en la misma mano la explosión rompe huesos, cercena dedos, ya tendremos oportunidad para probarlo, ya pondrán estas pastillas alrededor de una palma seca, colocarán con cuidado, con mucho cuidado, el detonador en este huequito, encenderán un fósforo, contarán los segundos de mecha, quince, veinte, no más, se pondrán a salvo, quizás sólo tirados en el piso, las manos en la cabeza, la nariz y la boca hundidas en la tierra, quizás un poco más cerca de la explosión de lo que aconsejan los manuales, no siempre en un combate tendremos una piedra o un saco de arena que nos oculte, y hay que acostumbrarse al ruido, a quedarse sordo unos minutos, a no espantarse cuando un árbol vuele en pedazos y alrededor nuestro se levante una nube de polvo y lluevan piedrecitas, algún pedazo de madera quemada. No estamos hablando, dice Gonzalo, de comer y bailar e ir a clases. La debilidad parece inofensiva, como esta pastilla, y Gonzalo la tira al aire, la recibe, la huele, la golpea con dos nudillos, Pero mata igual que esta pastilla. ¿De qué sirven el valor y la voluntad?, se pregunta Rolando, Y Él, con algo más que el doble de años que todos nosotros, caminando por montañas desconocidas, comiendo maíz crudo, pedazos de la yegua que antes sirvió de cabalgadura, azotado por el asma, ¿era una célula extirpable, impedimenta, estorbo? Y si Él hubiera sido negro, ¿sería quien es, hubiera hecho lo que hizo, lo veneraríamos

85

igual? ¿De esa diferencia, de esa debilidad es de lo que estamos hablando?, quisiera preguntar Rolando y queda en silencio, prudente, sin convertirse en célula que enferma por excesiva complejidad de sí misma, ahora que Gonzalo habla de hacer atentados, de llenar de dinamita la ciudad. Que sepan que estamos aquí y que no sepan nada, explica Gonzalo y levanta un rectángulo de zinc que lleva pintado en letras rojas Esto es una bomba, Éstas son las bombas que vamos a poner, No importa lo que hagan, da lo mismo la fuerza que la inteligencia, quiero que vengan a mí y digan Misión cumplida, Yo sabré dónde la dejaron, en qué minuto, qué sobresaltos tuvo quien la encontró, El que venga a decirme No pude, será dado de baja, El que sea sorprendido y escape perderá la mitad de los puntos, pero si es capturado su calificación será insuficiente, El que sea capturado y pronuncie mi nombre que no regrese, que se haga la idea de que nunca estuvo entre nosotros, Quiero que sean capaces de poner las bombas junto a un tanque de la refinería de petróleo, y señala a tres, como si lo estuviera haciendo al azar, el dedo índice posándose en Carlos, Ileana y Raúl, el primer rectángulo de zinc en la paleta de la silla de Carlos, En el cesto de basura de un ministro, otras tres señales del índice, un nuevo rectángulo, En los camerinos de un teatro al comenzar una función, tres más, En el techo de un estadio de pelota, otros tres, En las torres de la termoeléctrica, un nuevo rectángulo de zinc, En el faro de la bahía, En la cubierta de un barco, el dedo de Gonzalo posándose en Miriam, Rolando, Alejandro. Tienen cuarentiocho horas.

Tendría que haber dicho Miriam es nuestra célula enferma, propongo extirparla ahora mismo, desinfectar la silla que su cuerpo ocupó, ella se empeña en estar, ella perdió una uña del pie subiendo esa loma que es nada, rayita, mancha perdida en el mapa del país, está coja y sin embargo desde entonces no ha faltado un día al instituto, ahora mismo quién sabe los dolores que tiene y hace lo imposible por andar derecha, que hasta esa pretensión de engañarnos tiene, piensa Miriam. Rolando tendría que haberlo dicho, tú tenías que haberlo dicho, quisiera decirle Miriam a Gonzalo, pero calla. Hubiera preferido que dijeran mi nombre, dice, saliendo al fin del silencio, el aula ya vacía, sobre la mesa aún explosivos y detonadores, Gonzalo sentado junto a ella. Hablaban de células y yo escuchaba mi nombre. Tú tocabas la cabeza de Carlos y era la mía la que estaba más cerca de tus manos, bastaba con que pusieras un dedo en mi cabeza. Yo esperaba ese gesto y en cambio tus manos me ignoraban, iban convirtiendo mi silla en una isla. Yo sentía que las miradas pasaban sobre mí sin detenerse, que cuando el mulato dijo Es un ejemplo, sólo por lástima no pronunció mi nombre. No soporto la humillación de la lástima. No soporto que no dijeran Vete, estás enferma, tu novio y tú fueron un fraude. Conversábamos sólo de moral, dice Gonzalo, de la moral del grupo, no de habilidades físicas, y aquí nada tiene que ver Jorge contigo. Tú no sientes el silencio como yo lo siento, nadie ha vuelto a pronunciar en el grupo el nombre de Jorge, dice Miriam. Nadie, ni siquiera tú, sabe si come o respira, si es feliz o no encuentra cómo perdonarse a sí mismo. Todo se me está convirtiendo en silencio, piensa Miriam. Silencio cuando llego a mi casa y mamá me ve lastimada y se calla, me cura y no pregunta, cuando dejo de ver a papá durante días y al reencontrarnos lo beso y lo abrazo y me siento en sus piernas para que mi cariño lo mantenga en silencio, silencio cuando me reúno con Jorge y no pasamos de un Qué tal. Él sabe que algo ocurrió en mí el fin de semana, me ve cojear, toca la mano donde el fusil me golpeó, yo lo acaricio con mis uñas partidas, él ve que el sueño me vence en cuanto llegamos a la biblioteca y abro las páginas de un libro, no me pregunta, no le pregunto, no sé qué hace mientras yo camino, ignoro qué era de él mientras yo me perdía en eso que ni siquiera es una montaña. Háblame de Jorge, pide Gonzalo y Miriam sonríe, si puede ser sonrisa ese abrirse los labios bajo una mirada que persiste en la tristeza. Tú no preguntas porque sabes, responde. Sé paciente con él, aconseja Gonzalo. Lo soy, pero no sé si a Jorge le importa mi paciencia. Le importará, cuando comprenda. ¿Y qué es lo que debe comprender?, piensa Miriam, Quizás, dice, comprenda cuando vuelva a ser el mismo. No, dice Gonzalo, ya no volverá a ser el mismo. Eso temo. Para bien, insiste Gonzalo, madurar es ser distinto. Sí, dice Miriam, ya es distinto. El hombre que ahora beso es otro, piensa, su piel es la misma, pero cuando la toco mi mano palpa algo desconocido, como si no fuera la piel sino su sombra lo que estoy tocando, yo trato de alcanzarlo y mi mano flota, se hunde, algo frío la rodea, acostados, desnudos, en silencio, un cuerpo junto al otro, me da miedo, su cuerpo sobre mí, sudando, jadeando, parece el mismo pero sé que no, yo advierto su ausencia, antes lo veía, miraba sus ojos y lo veía, su sudor caía sobre mí y lo veía. Se me escapa, dice Miriam. Dile que nos ocuparemos de él, dice Gonzalo, Háblale de parte mía, que confíe, que deje pasar el tiempo, que no lo vamos a dejar perder. ¿Y yo?, pregunta Miriam, ¿también estoy perdida? ¿Soy otra también, ya? ¿Soy la misma y no merezco llegar a elegida? Sé tú misma, dice Gonzalo, y toma una mano de la muchacha, Encuéntrate, todos te lo vamos a agradecer, También Jorge, Vámonos.

Fuimos a buscar el barco por la tarde, cuenta Alejandro, Miriam y yo, como dos novios, caminamos la Avenida del Puerto, desciframos nombres borrados por el óxido, caligrafías de idiomas extraños que nada tenían que ver con lo que buscábamos, vimos banderas desgastadas, raídas por el sol y el viento y las lluvias del océano, subimos a la lancha que atraviesa la bahía, temiendo que nuestro barco estuviera fondeado lejos de la costa, y al regresar lo encontramos, la lancha pasó casi por debajo de la popa, rozando la cadena del ancla que vimos mucho más grande y segura de lo que suponíamos. Parecía un barco dormido, nadie se asomó a la cubierta, no oímos un ruido, la chimenea apagada, el casco enorme fuera del agua. Está vacío, le comenté a Miriam, señalándole la línea de flotación muy por encima de nuestras cabezas, la quilla tan cerca del malecón que separa el mar de la acera por donde caminamos luego, mirándolo de frente. Como dos novios nos sentamos en el muro, mi mano descansó en uno de los cables que fijaban el barco a la tierra, estaba sucio de grasa y el vaivén del mar lo hacía oscilar, llevaba y traía al barco, subía y bajaba, chapoteaba contra las gomas que lo protegían de la costa. ¿Qué hacemos?, me preguntó Miriam. No sé, respondí, pensar. Parecía fácil, tan cerca, casi podíamos tirar la bomba desde allí, arriesgarnos a que la plancha de zinc volara como un platillo y cayera sobre cubierta, no importaba ya con qué escándalo, no sabríamos nunca contra qué o quién la bomba habría estallado, nosotros habríamos corrido, cumplido la misión. No, aconsejó Miriam, está muy alta la cubierta, tendríamos que probar primero, debíamos conocer la fuerza del aire que bate allá arriba. Esa tarde me había fugado de la beca y logré regresar sin que me descubrieran, cuenta Alejandro a Gonzalo, pero algo más, que el muchacho calla, sucedió entre puerto y beca. Después de ver cómo Maritza se iba, lo miraba un instante, se perdía, quién sabe si para siempre, y de salir el domingo en la noche de la casa sin decidirse aún a llamarla, Alejandro había pedido permiso varias veces en las oficinas del instituto para usar un teléfono, vigilado siempre por secretarias temerosas que no dejaban de mirarlo mientras del otro lado de la línea persistía el silencio, ruidos, la señal de ocupado, a veces, cuando más, una voz de hombre con la que Alejandro no se atrevía a hablar. Y ya fugado, antes de encontrarse con Miriam, había podido llamar dos veces. No está, dijo la madre la primera vez, ¿Quién pregunta por ella?, quiso saber. Un amigo, respondió Alejandro, ignorante aún de si su nombre querría decir algo para aquella mujer cuya voz se empeñaba en ser amable. ¿Maritza esperaba que tú la llamaras?, preguntó de nuevo. No, sólo quería hacerle una consulta. ¿Estudian juntos? Sí, dijo Alejandro, muchas gracias, antes de que la mentira se hiciera evidente. La segunda vez oyó la misma voz, sus dedos sobre el gancho del teléfono interrumpieron la comunicación, tal vez Maritza estaba allí, quizás ella misma pidió a su madre que respondiera, nada hubiera perdido con preguntar de nuevo, sólo que Miriam ya debía estar esperándolo, y temía que aquella mujer reconociera su voz, la voz de alguien desconocido y persistente. Ya es-

taba de regreso del puerto cuando llamó por tercera vez, Sabía que eras tú, contestó Maritza. Me
fugué para pedirte perdón, mintió Alejandro, voy a
buscarte. No vengas a mi casa, nos vemos en el
apartamento. Maritza traía sus libros, Le dije a
mami que iba a estudiar con una amiga, que si se
hacía tarde me quedaba a dormir en su casa. Alejandro besó a su novia, en el cuarto había guardado la flor con que siempre ya la recibía, Perdóname, dijo, Compréndeme, A veces soy muy torpe,
me ciego, me arrepiento después, Por favor, que
mi madre no vuelva a estar entre nosotros, Es una
historia que te debo, Que alguna vez tendré que
contarte. Maritza tomó la flor, tocó algún pétalo,
Gracias, dijo, Te amo, y lo miró a los ojos, Te amo
mucho, repitió, Sólo quiero que sepas que te amo de
verdad. Alejandro se reía, No seas solemne, ella se
quedaba seria, volvía a besarlo, había como una
fuerza distinta en la manera en que ella lo tocaba,
como un miedo a que la piel de Alejandro desapareciera. ¿Qué te pasa?, preguntó él, ya en la cama,
Maritza desnuda, seria todavía, triste quizás. Estará preocupada, pensó Alejandro, ¿Por mí?, ya no
podía ser por él, se consoló. Nada, dijo la muchacha y volvía a besarlo, Abrázame, pedía, apriétame,
dime que me quieres. Te amo, decía Alejandro, Te
amo, repetía, ya sin los ruegos de Maritza, Te amo,
volvía a decirle y era verdad, tocándola, viéndola,
ella con los ojos cerrados, el rostro serio aún, como
si estuviera sufriendo, como si ser tocada por Ale-

jandro la estuviera dañando, Te amo, decía él, Mucho, insistía, y se decía a sí mismo que era verdad, que era amor, que aquello no podía ser llamado de otra forma, que incluso podía no ser llamado y de todas maneras estaba allí, yendo de un cuerpo al otro, fundiendo un cuerpo con el otro, provocando súplicas, quejidos, lágrimas, mordidas, suspiros, convulsiones, desfallecimientos. ¿Por qué no terminamos ya?, dijo Maritza, los ojos cerrados aún, hablando quizás sólo consigo misma. No entiendo. Ahora es todo tan hermoso, y después se va a echar a perder, dijo Maritza. No, Alejandro se asustaba, No te entiendo, ¿qué es lo que quieres decir? ¿Por qué tiene que echarse a perder?, ¿Qué es lo que sabe?, pensó Alejandro. A ella ahora se le veía más ese dolor con que había venido y que él no podía descifrar, No me hagas caso, se excusó, Bésame, volvió a pedir, Perdóname, dijo, pase lo que pase. Pase lo que pase, repitió Alejandro, como en un eco.

Carlos también se había fugado esa tarde y ya estaba en el dormitorio cuando Alejandro entró, casi al amanecer, despertándolo, ambos contándose a la vez asuntos tan distintos pero que los hacían igualmente felices. Fuimos a la refinería de petróleo, contaba Carlos, explicamos que éramos de un círculo de interés sobre hidrocarburos. Un ingeniero quiso ser muy amable en cuanto vio a Ileana, ella dijo que le encantaban los hidrocarburos, que el olor del petróleo la sacaba de quicio. El ingeniero insistió en atendernos él mismo, salimos a recorrer la refinería, pasamos junto a esos tanques grandísimos que se ven desde la carretera. Ileana llevaba la bomba en su bolso. Perdone, dijo, ¿habrá algún baño cerca?, todavía Raúl y yo nos permitimos decir Qué pena nos hace pasar siempre esta muchacha. El ingeniero señaló un punto lejano, No importa, dijo, a mí me sucede igual cuando cambia la temperatura. Ileana se separó del grupo, Espérenme aquí, pidió. Hecho, decía Carlos, estoy seguro de que fuimos los primeros en poner la bomba. Y yo di dos golpes en uno, decía Carlos, déjame que te cuente lo mejor. Esto hay que celebrarlo, dije cuando estábamos lejos ya de la refinería. Raúl se excusó, no había estudiado física para la prueba que tenía al día siguiente, Ileana y yo seguimos juntos, ella contenta, dispuesta a hacer lo que yo pidiera. Ya se hacía de noche cuando regresamos a la ciudad, pasamos cerca de un club. A ella le daba lo mismo, podía haberla llevado hasta la luna. Poco a poco, me decía yo, no lo eches a perder. Tomamos un trago, bailamos una pieza, ella dejándose llevar, yo haciéndola reír, tocándola sólo para que se diera cuenta de que podía haber más. Se me acabó el dinero, le expliqué que estaba fugado, que no debía regresar muy tarde a la beca, y la acompañé a su casa. Que se repita, le dije, y la besé en la mejilla, aproveché para acariciarle la nuca. Estoy seguro de que la piel se le puso de gallina. Por mí, que se repita, contaba Carlos que Ileana había respondido, un entusiasmo sumándose al otro. ¿Tú te imaginas que cuando andemos perdidos por quién sabe qué monte, pantano o refugio clandestino pueda decir Ileana y dormir con ella? ¿Que ella me cure y yo la ayude? ¿Que yo la proteja y ella me procure comida y café y cigarros?, preguntaba Carlos y Alejandro se quedaba serio, desconfiando, no le devolvía el cigarro, ¿Y Lucila?, dijo, No sé, respondió Carlos, ¿Tú sabes? ¿Qué sabemos de Lucila o de ti o de mí? Sobrevivir también es eso, decía Carlos. El destino es eso. ¿El destino? ¿Sabemos qué es el destino? ¿Sabemos que existe, que hay un camino, unos trazos, una luz, una mano diciéndonos Ven, Es por aquí, Sígueme, No te esfuerces que, hagas lo que hagas, otro que soy yo mismo desbrozó por ti lo que llamarás tu vida? ¿Que estas palabras ya estaban, que Gonzalo estaba, que Maritza y la muerte de Él y el instante en que pisemos las tierras de ese país que no imaginamos ya estaban, ya están, como esperándonos?

Me gustan los círculos de interés, me dije al escuchar a Carlos, le cuenta Alejandro a Gonzalo, y llamé por teléfono a Miriam, fuimos a buscar a Rolando, llegamos a las oficinas del puerto, el custodio no entendía, jamás había oído hablar de los círculos de interés, no hubo manera de que nos dejara pasar. Lo sabía, dijo Miriam, otra vez sentados en el muro, esta vez como dos novios y un

amigo, la proa oscilando detrás de nosotros, el agua
sucia de la bahía salpicándonos con más fuerza que
el día anterior. A la cadena del ancla se puede llegar nadando, se me ocurrió decir, y ellos dijeron
que sí, no se veía otra forma. Por la noche nos reu-
nimos en el puerto y ya el frío se hacía sentir, era
sobre todo el viento, algunas lloviznas repentinas,
el mar picado, nadie en la calle a las diez de la
noche, el barco continuaba inerme, ahora además a
oscuras, una sola lucecita roja brillando sobre lo
que debía ser el castillo de proa. Comencé a quitarme la camisa, Rolando y yo nadamos hasta el
ancla, dije, Tú vigilas. No sé nadar, dijo Rolando.
¿Qué?, se asombró Miriam, ¿quieres ser un elegido
y ni siquiera sirves para nadar? Miriam no dijo más,
se descalzó, le pedí que permaneciera en la orilla, que
con uno que llegara a la cadena era suficiente, bajó
por las gomas que protegían el muro del malecón,
su cuerpo se estremeció al tocar el agua helada, en
la oscuridad sólo se veía su cabeza rubia, cuando
entré en el agua el olor a petróleo y la frialdad me
cerraron los pulmones, recuerda Alejandro y queda
en silencio, tosí, hubiera dado cualquier cosa por el
inhalador que escondí de mí mismo, tuve que quedarme quieto, recuperándome. Miriam nadaba muy
bien, sabía cómo avanzar en silencio, cuenta, me
deslicé despacio para evitar un calambre, llevé la
bomba bajo el agua para que no brillara con las
luces de un bar cercano. Me dolieron las manos al
palpar la cadena helada, Sujétame la bomba, pedí,

96

mis pies descalzos tocaron a Miriam, abracé la cadena, mi cuerpo fue saliendo del agua, me sentía pesar toneladas, como si de abajo tiraran de mis piernas o como si además de mi propio cuerpo estuviera halando toda el agua del mar. Dame, pedí, me quedaba una mano para sujetarme y halar, mis pies resbalaban en los eslabones grasientos, tiré hacia arriba, la cadena osciló, un eslabón se deslizó, la cadena bajó pulgadas que me parecieron metros, yo me golpeé la cara, por poco dejo un dedo entre dos eslabones, con un gesto Miriam me dijo que esperara, las luces de la cubierta se encendieron, me pareció que arriba se abría una puerta, que hablaban, Húndete, le dije a Miriam, lancé la bomba con todas mis fuerzas y el rectángulo de zinc se convirtió en un círculo girando en el aire, un golpe de viento lo hizo planear, elevarse casi en vertical, y luego cayó, quedó flotando un instante sobre el mar oscuro, yo me dejé caer, me zambullí cuanto pude y nadé para alejarme del barco, no había frío ya, a mis pulmones no les quedaba aire, salí a la superficie, las luces del barco se habían apagado, Miriam no estaba en la cadena del ancla, la bomba ya no flotaba, tampoco vi en el malecón la silueta de Rolando, un carro de la policía que iba por la avenida sonaba la sirena.

Una luz se encendió en la cubierta del barco, cuenta Rolando, vi que la bomba flotaba en el aire,

97

que Alejandro caía al agua. No nos pueden descubrir, me dije, tomé la ropa que había quedado en el muro y corrí, sólo quería alejarme del lugar, que nada nos asociara con aquella mole de acero que había despertado en cuanto Alejandro tocó la cadena del ancla. La sirena de una patrulla sonó detrás de mí, Los cogieron, me dije, estuve a punto de regresar porque tampoco sería capaz de abandonarlos, me di cuenta de que las luces intermitentes del carro de la policía alumbraban mi espalda, y seguí corriendo, doblé una esquina, el sonido de la sirena se me acercaba por la calle estrecha, las luces del carro casi me tocaban, ¡Párate!, oí que gritaban, ¡Quédate quieto!, y uno de los policías salió del carro, me apuntó con la pistola, yo levanté las manos, los zapatos de Miriam cayeron al suelo, las botas de Alejandro cayeron al suelo, la camisa y el pantalón de Alejandro cayeron al suelo, ¿De quién es esa ropa?, dijo un policía, ¿Qué tú hacías corriendo? Alejarme de aquí, pensé, que ellos escapen. Vamos, me dijeron, dale, me pusieron las esposas, me empujaron hacia el auto, supongo que recogieron la ropa, en el puerto todo parecía estar en calma. Quiero un teléfono, dije en cuanto entramos en la estación. Me dejaron sentado en un banco, había un muchacho con la cabeza partida, una mujer que parecía dormir y lloraba, me llevaron a un cuarto pequeño, me sentaron en una silla de hierro, entró un policía con papeles, Nombre y dirección, me dijo, Quiero un teléfono, respondí, Si me da un teléfono todo se va a aclarar, Nombres, apellidos y dirección, me dijo, Un teléfono, sólo quiero que me den un teléfono. Salió, dejó abierta la puerta, no me habían quitado las esposas, El detenido se niega a responder, oí que decía, un oficial entró en el cuarto, se me quedó mirando, ¿Te quieres hacer el loco?, me dijo, No soy loco, necesito que me dé un teléfono, no puede hacerle daño a nadie que me dé un teléfono. Llévalo para el calabozo, ordenó el oficial y el policía me liberó de las esposas. El calabozo estaba lleno y no encontré más que el suelo para sentarme. No sentí miedo. Tampoco tuve vergüenza. Ellos me trataban como a un ladrón, porque soy mulato y corría, yo los perdonaba, sabía que en algún momento sería perdonado. Sólo me quitó el sueño saber que papá estaría esperándome, sentado en el quicio de la puerta, tomándose a buchitos el café que habría guardado para mi regreso, queriendo que al menos yo estuviera con una mujer, dándose cuenta de que cada día son más mis silencios que mis conversaciones, sus preguntas que lo que alcanza a conocer de mí. Tampoco debía pensar en papá, tampoco mirar a los que me rodeaban, intentando comunicarse conmigo, acercándoseme. Apestaba a orines, uno me brindó un cigarro, negué con un gesto, cerré los ojos, alguien contaba la historia de un crimen, otro vino a preguntar cuál era mi delito, Ninguno, dije, sin abrir los ojos. Se dicen horrores de los calabozos pero aquellos hombres se veían cansados, era ya la madrugada y cada cual intentaba dormir, alguno protestó por la luz encendida, de fuera lo mandaron a callar, tiraron un zapato al bombillo que alumbraba desde lo alto, enredado en telas de araña, el zapato dio cerca de mí, un policía golpeó los barrotes, en algún lugar se oía caer una gota de agua y ése fue mi reloj, miles de gotas cayeron antes de que la puerta del calabozo se volviera a abrir, el mismo policía me hizo levantar, me guió por pasillos que aún no había conocido, abrió un espacio donde había una mesa alargada, en el centro otra silla de hierro donde debía sentarme, el oficial entró, Estoy cansado, me dijo, son las tres de la mañana, no te compliques la vida, puso en mis manos un papel y un lápiz, Cuéntalo todo, y que yo me lo crea, empieza por tu nombre. Dejé el papel y el lápiz sobre la mesa, Un teléfono, dije, Soy inocente y pido un teléfono. Sin agua ni comida hasta que lo cuente todo, gritó el oficial y volvió a dejarme solo, ahora no tenía la gota de agua, las luces permanecieron encendidas, el piso de la celda era más blando que la silla de hierro, comencé a caminar por la habitación, tres pasos hacia la puerta, tres pasos hacia la mesa, Quién le ordenó ponerse de pie, dijo el policía a mis espaldas, dieciséis mosaicos medía un lado de la habitación, quince mosaicos y un pedacito el otro, doscientos cuarenta mosaicos y varios pedacitos me rodeaban, si detengo un segundo la mirada en cada mosaico no habrán pasado más que cuatro minutos, me decía, no tiene sentido la impaciencia, ellos volverán, alguien dirá Acaben de darle un teléfono a ese loco, si apagaran la luz podría olvidarme de la silla de hierro, afuera alguien gritaba, quizás la mujer que parecía dormir, quizás el muchacho de la cabeza partida. Yo estaba allí y tenía la impresión de no estar, recuerda Rolando, o sabía que estaba pero que lo demás no, a veces silla y paredes y buró desaparecían, si extendía una mano podía no tocar, si miraba el bombillo aquella luz estaba recorriendo un espacio que podía ser el cosmos. Tengo que ser fuerte, se decía Rolando, resistir yo mismo la tentación de decir Ya, basta de absurdos, adónde puede llevarnos un juego como éste, En la bahía hay dos personas, tal vez únicamente dos cuerpos, Yo callo por algo que no puedo llamar soberbia, Cumplo órdenes que no sé si me pertenecen o no, Guardo silencio porque temo más decir Es suficiente, me voy para mi casa, guardaré silencio después, cuando Gonzalo pregunte. Me quitaste el sueño, dijo el oficial, sentado otra vez frente a mí, él detrás de la mesa, yo en el centro de la celda, Ya sabemos de quién era la ropa que llevabas, cuéntanos todo lo demás. Un teléfono, dije, Si yo fuera blanco ya me hubieran dejado usar un teléfono y usted no habría perdido el sueño. No me humilló el golpe, sentir en mi rostro la mano del oficial, saber que el sabor salado que mi lengua recogía era sangre de mis labios. Escribe, dijo el oficial, habla, dinos qué estabas haciendo en el puerto, quién te mandó, cómo se llamaban los que estaban contigo.

No los tienen, pensé, quizás vieron a Alejandro y a Miriam, tal vez los persiguieron, a lo mejor nadaron hasta alejarse del barco, ya saben que no soy un ladrón, cuenta Rolando a Gonzalo, ahora soy un enemigo, un infiltrado, un saboteador, alguien que venía a matar y destruir, otro barco que explota, el estallido que despierta la ciudad, cuerpos que vuelan despedazados, lenguas de candela multiplicándose en las aguas negras de la bahía. Te veo peor, dijo el oficial, y salió de nuevo. Los gritos de afuera se oían más cerca. Llamaban, había dicho el oficial, ¿y si alguien disparó contra Alejandro y Miriam? ¿Y si los vieron nadar hacia lo profundo de la bahía y no han encontrado cuerpos, nadie ha regresado a ninguna orilla?, me decía yo.

Lo vi correr y no podía creerlo, cuenta Miriam. Dos veces lo llamé por su nombre y no miró hacia atrás. Yo estaba agarrada de las gomas, la luz del barco se apagó, Alejandro llegó junto a mí, esperamos un momento a que la sirena de la patrulla se alejara. Perdimos la bomba, dijo Alejandro, que casi ni podía hablar, tosía, le faltaba el aire, a mí me parecía que estaba poniéndose morado. Yo me quedé callada pero no me gustó que dijera Perdimos. Yo sólo le indiqué que se estuviera quieto, bastaba con que hubiera subido un poco más por la cadena del ancla, lo suficiente para que pudiera tirar la bomba a la cubierta. Cuando me di cuenta de que la iba a lanzar creí que lo intentaría hacia el barco. No tenía sentido botarla, apenas se había encendido una luz, quizás todo fue una casualidad. La cadena se había movido pero podía haber sido el viento, el mar estaba picándose más, el barco todo se balanceaba, a quién podía haberle llamado la atención ese ruidito, las ráfagas del norte batían con más fuerza, caía una lloviznita que no era casi nada, sólo frío sobre frío en mi blusa mojada. Buscamos mis zapatos, las botas de Alejandro, la camisa y el pantalón de uniforme de Alejandro, y no estaban. El otro se había ido, se había asustado con las luces encendidas, con la sirena de una patrulla que pasó por allí quién sabe por qué. Alguien nos había robado la ropa y teníamos que caminar un montón de kilómetros del puerto a mi casa. Evitamos las paradas de las guaguas, evitamos un cine cuya última tanda terminaba en el momento en que íbamos a pasar frente a la taquillera dormida, evitamos algunos bares que todavía estaban abiertos. Apenas podíamos caminar, a mí las piedrecitas me hacían daño, los vidrios incrustados en el asfalto me hacían daño. Hubiera sido mejor que Alejandro no me acompañara y tampoco podía decirle Vete solo para tu casa, un hombre que anda en trusa por la ciudad a las once de la noche y con frío es un loco, un exhibicionista, algo podíamos explicar los dos, cualquier cosa podía decirse de mi ropa mojada, de mi blusa echada a perder por la grasa de la bahía, Alejandro seguía tosiendo, escupía, la respiración era un silbido, caminaba abrazándose a sí mismo, encogido, tenso. Yo no sé a qué hora llegamos a mi casa y la puerta tenía pasado el pestillo, adentro Jorge esperaba junto a mami, los dos se quedaron en una pieza. Pasa, le dije a Alejandro, Llévalo al baño y búscale algo de papi que le sirva, le dije a mami. Papá tampoco había llegado, yo estaba segura de que ella no iba a preguntar delante de extraños, Jorge me dijo Qué necesitas que haga, le di un beso, Vete ahora, le pedí, yo estoy bien. Mami vio que Alejandro y él se dieron las manos y me pareció que eso la tranquilizaba un poco. Ésta es la historia, dice Miriam, mi único error fue no haber llevado una trusa, pero cómo iba a imaginar que con dos hombres tendría que tirarme al agua. Ese Rolando es una célula inútil, un daño, un pedacito de tejido muerto que tenemos que extirpar. Gonzalo detiene el jeep poco antes de llegar a casa de la muchacha. Veremos, dice, Todo a su tiempo. ¿Y yo?, pregunta ella, Estoy esperando que me digas Vete, no sirves, eres demasiado frágil, demasiado pequeña. Gonzalo se queda mirando lo que en Miriam parece serenidad, los párpados fijos, las aletas de la nariz hinchadas, esperando. ¿Y si pruebo a decirle Tienes razón, aquí terminaste? ¿Llorará delante de mí? Me gusta su arrogancia, piensa Gonzalo, aunque nunca llegue a ser una elegida. Sigues en la cuerda floja, dice, pero todavía estás viva. Es justo, responde Miriam, esta vez sí han sido justos. ¿Ni siquiera ahora va a sonreír?, se pregunta Gonzalo. En mi oficina están tus zapatos, dice.

Llegué a casa al amanecer y papá estaba sentado en el quicio, esperándome, cuenta Rolando. Le di un beso en la frente, ¿Por qué te quedaste despierto?, dije y seguí para el baño. Papá no preguntó nada, había hecho café, desayunamos juntos, él calentó agua para que me bañara, ninguno tenía sueño, hablar era mentir y yo no quería decir nada, yo debía haber llegado alegre, tenía que haberle pedido a Gonzalo un trago de ron, traer marcados en mi camisa los labios de una mujer. Lo primero que quiso saber Gonzalo fue por qué había ocultado que no sabía nadar. Yo no sé si papá sabe nadar. Le contesté que jamás nadie me lo había preguntado, me dijo que ocultar información era mentir, le pregunté si él estaba seguro de que yo era el único del grupo que no sabía nadar, le recordé que otros, como Miriam, casi no sabían ni caminar. Se me quedó mirando, me dijo que estaba bien pero que tenía que aprender, que habría entrenamientos en el mar, que nuestro destino era impredecible y que no podían hacerse responsables de un elegido que tuviera esa limitación. Tu permanencia en el grupo dependerá de eso, me dijo. ¿Sabes nadar?, le pregunta Rolando a Ileana, los dos sentados frente a sendas copas de helado, la muchacha con una cucharilla de metal retenida en los labios que no pueden contener un levísimo temblor. Desde chiquitica, responde ella, te puedo enseñar, y sonríe, cuando pase este frío. No voy a aprender, tendría que decir Rolando, Es inútil que me acerque a playa o a piscina, que mis pies entren en el agua, que mire cómo los demás flotan y juegan y se agitan sobre esa superficie que para mí es temblor y vacío, vértigo y asfixia. No puedo, tendría que explicar y calla. Nadar es un milagro, dice. Una mano de Ileana ha quedado sobre la mesa, un poco adelantada hacia Rolando, la palma hacia arriba, como en espera, y él la mira, se queda en la duda de si poner palma sobre palma, que es de lo que tiene ganas, sea frescura que ella no perdonará, o si tocarla, agarrarla, apretarla, como el frío de la noche y las dos manos merecen, será gesto que Ileana agradezca y le ahorre las palabras que no acaban de salirle. Tal vez Rolando no sepa leer ahora en los ojos de Ileana la necesidad que tiene de ser tocada, aún más si consideramos que la belleza de la muchacha y las diferencias entre el color de la piel de ambos también sobrecogen al muchacho. Nada significa una mano extendida, piensa, y prefiere esperar, esta noche no será la última, mañana mismo volveremos a estar juntos, basta con que soporte mi compañía, que acepte mis silencios. ¿Y qué es más importante?, dice Rolando como si conversara consigo mismo, ¿ser honesto o saber nadar? El hombre nuevo a que aspiramos de seguro va a ser honesto, jamás tendrá necesidad de mentir, y también será simpático, divertido, y va a saber nadar, bailar, montar en bicicleta, y no será milagro que todos nazcan blancos, serán hermosos los hombres y las mujeres nuevos, de alguna forma tiene la naturaleza que agradecer tanta bondad, pero mientras tanto, nosotros, ¿cómo llegamos hasta él? ¿Caminando sesenta kilómetros? ¿Nadando? ¿Corriendo? ¿Tirando tiros y poniendo bombas? ¿Nada más?, se pregunta e Ileana lo mira, Qué aburrido que sea así, dice la muchacha y extiende un poco más su brazo, quisiera tocar la mano que él ha dejado sobre la mesa, casi sin querer, que palma sobre palma se rocen y Rolando se lleve a la boca esa mano suya, que los labios de Rolando pasen sobre su piel, que la lengua de Rolando acaricie y humedezca, que la mirada de Rolando se quede sobre ella y no baje, no se pierda en los laberintos que el mármol de la mesa dibuja, que la mano de Rolando permanezca al menos donde está, que no retroceda, que no se esconda detrás de la copa de helado ya vacía, que Rolando no diga Vámonos y se ponga de pie, querer que diga Te invito a un bar, a un parque, a mi casa o a la tuya, que no la deje sola esperando la guagua, que cuando la bese para despedirse la apriete un poco más, que la retenga, que una mano le acaricie la nuca y la piel se le ponga de gallina. ¿Nos vamos ya?, pregunta Rolando.

Te advertí que me iban a castigar, lo supe desde el día en que ese Gonzalo habló conmigo, yo intuía que no me querían para nada bueno cuando la secretaria vino a decirme que tenía esa reunión el viernes en la noche. ¿El viernes, a las ocho de la noche?, pregunté, sin comprender todavía, o empezando a darme cuenta, ya con una lucecita prendida por dentro, diciéndome Cuidado, algo huele mal cerca de ti. Todos a la escalinata de la Universidad el viernes a las ocho, era la consigna, yo acababa de proclamarlo en la plataforma del instituto, Todos el viernes con banderas rojas, y venía la secretaria a decirme que me habían citado para una reunión ese mismo día a esa misma hora. Como si yo no perteneciera ya al todos que iremos a la escalinata, como si el numerito que soy yo no hiciera falta con su bandera en los miles que iremos a la escalinata. Te lo advertí antes de que todo esto ocurriera y me respondiste que estaba prejuiciado, Te sientes herido y un revolucionario que pierde la confianza deja de serlo, me dijiste. Todavía llegué con la esperanza de que la secretaria se hubiera equivocado, de que tú tuvieras la razón. Me esperaban. Me hicieron pasar a un despacho, me brindaron café, se demoraron un poquito en atenderme, me pidieron disculpas, afuera, supongo que en un radio, se oyeron el Himno Nacional, aplausos, la voz de un locutor, las primeras palabras del discurso antes de que cerraran la puerta. Perdona que te hayamos citado un día como hoy, me dijeron, pero no teníamos otro minuto disponible, Queremos pedir tu colaboración, Estamos formando un ejército nuevo, diferente, Miles y miles de jóvenes que van a trabajar en la agricultura, En condiciones muy difíciles, En lugares muy atrasados, El desarrollo del país dependerá de la labor de esos jóvenes, de lo que ellos sean capaces de producir, Queremos proponerte que vayas al frente de uno de los batallones, Los primeros partirán de inmediato para preparar las condiciones de la próxima cosecha, Tu batallón se constituirá en agosto, Quinientos jóvenes menores de veinte años bajo tu mando, Puedes terminar el instituto, Tu compromiso con este ejército será sólo por dos años, Si terminado ese tiempo quieres ingresar a la Universidad, podrás escoger la carrera que desees, Si quieres continuar con nosotros, también puedes hacerlo. ¿Qué opciones tenía? ¿Qué iba a decirles? Que estaba muy orgulloso de que me hubieran seleccionado, que no defraudaría la confianza que habían depositado en mí, que estaba dispuesto a cumplir cualquier tarea que fuera necesaria, que siempre, en cualquier circunstancia, podían contar conmigo. Estás equivocado, te están dando otra oportunidad, dice Miriam. Si digo que no, me desaparecen para siempre, si digo que sí voy a estar enterrado en el campo, domando a esos muchachos que no sabrán otra cosa que sembrar y cortar la caña, y al cabo de dos años ya no sé de qué seré capaz, ¿de estudiar? ¿De cultivar la tierra o de manejar tractores? ¿Me dirán entonces Ya eres de nuevo un elegido? ¿Dónde está el Jorge que yo conocí, del que me enamoré perdidamente?, pregunta Miriam.

No me van a vencer, aunque me cueste dos años de mi vida, aunque después no sea capaz de sentarme en un aula ni de tomar un lápiz entre mis dedos. Lo están haciendo por tu bien. Estás ciega. Gonzalo tenía razón, va a decir Miriam, pero se arrepiente cuando las palabras sólo han llegado a ser una pequeña contracción en sus labios. Estás ciega, repite Jorge y se acuesta de lado para rozar con un dedo los párpados de Miriam, Ciega, y se acerca a besarlos, ella cierra los ojos, recibe el beso en silencio, suspira, un ligerísimo temblor, que quizás Jorge no ve, recorre su cuerpo desnudo, él busca la oreja de la muchacha, Miriam lo detiene, El fin de semana que viene no vamos a estar aquí, dice, y espera a que él pregunte ¿Dónde?, ¿Qué van a estar haciendo?, o al menos que quiera saber el día y la hora del regreso. El silencio que Jorge guarda es lo que ella ha pedido, pero a Miriam le gustaría que él diera la espalda, dijera Te voy a extrañar, Cada vez nos separamos más. Miriam quisiera preguntar ¿Qué es lo que estás pensando? Si vas a estudiar puedes ir a mi casa, dice, yo le explico cualquier cosa a mami, Quédate a comer allá. Me das tu casa como limosna, dice Jorge, y pasa la punta de la lengua por el diente partido. Sabes que ya mi casa es tu casa. No me tengas lástima, algún día me darás la razón, dice Jorge. No, responde Miriam, Esta vez no esperes que te dé la razón.

Yo estaba en la escalinata, escuchaba el discurso y no pensaba en mi padre, cuenta Ileana. Haremos más revolución, decía el discurso y la gente aplaudía, gritaba, sacudía el aire con banderitas rojas, Las riquezas de este país pertenecen al pueblo, decía el discurso, y no vamos a permitir que ningún holgazán se enriquezca con las necesidades de los humildes, que mientras decenas de miles de trabajadores se esfuerzan sin descanso, dándolo todo por el bienestar de sus semejantes, un grupito de parásitos tenga en sus manos los alimentos que el pueblo necesita, y especule con ellos sin escrúpulos de ninguna naturaleza. Se acabó, decía el discurso, Al pueblo lo que es del pueblo, y yo aplaudía, saltaba. Se acabó, coreábamos todos, Más revolución, decíamos, ya de regreso a la casa, cuando éramos todavía un grupo grande, abrazados unos a otros, ocupando toda la calle. Ahora sí, decíamos, ya casi sin voz, Vamos hacia un ideal, cantábamos, Al pueblo lo que es del pueblo, gritábamos, Ni César ni burgués ni Dios, repetíamos. Me desprendí del grupo a una cuadra de mi casa, desde esa distancia vi que todas las luces estaban encendidas, fui a abrir con mi llave y la puerta estaba cerrada con pestillo, mamá vino a abrirme, antes de que yo dijera una palabra puso el índice sobre sus labios, el sudor le bañaba el pelo, su bata de casa estaba negra del churre, Qué bueno que llegaste, dijo. Yo debía de haberlo sabido, la euforia no deja pensar, siempre uno cree que el enemigo es alguien que está lejos, un rostro que jamás hemos conocido, que nunca hemos mirado con amor. Papá venía de la bodega a la sala arrastrando un saco de arroz, los muebles estaban arrinconados, a mi alrededor había latas de galletas, barriles de manteca, sacos de frijoles, cajas de detergente, jabones de olor y de lavar, sacos de azúcar blanca y prieta, botellas de aceite y vino seco. Cámbiate de ropa y ayúdanos, ordenó papá, Apúrate, que pueden llegar en cualquier momento. Yo no podía creerlo. Qué es lo que estás haciendo, fue lo que atiné a decir. Guardando lo que gané con mi sudor durante muchos años, trabajando honestamente, sin robar a nadie, sin explotar a nadie. Mami volvió a hacerme señas para que me quedara callada. No puedes hacerlo, dije, es la cómida de la gente, no tienes derecho. Menos derecho tienen ellos, me respondió. Traté de que tuviera miedo, Te van a coger preso. Lo prefiero, dijo, mi conciencia está limpia, yo no soy un parásito, mucho menos un ladrón. ¿Tenía sentido que le explicara lo que es un pueblo que por primera vez se ha reconocido a sí mismo y no puede dejar que nada lo detenga, que le contara cómo cantábamos afuera, que tratara de que comprendiera la alegría de todos en la escalinata, si mientras otros entregan sus vidas por defender lo que entre todos estamos conquistando él sólo es capaz de pensar en el arroz y los frijoles que venderá mañana? ¿Valdría de algo decirle que yo misma me estoy preparando para entregarme hasta la muerte, si fuera necesario? Me avergüenzo de ti, le dije, la patria está en peligro y tú la abandonas. También contigo se acabaron mis debilidades, contestó, No voy a permitir que me quiten además a mi propia hija. Ya mami estaba llorando, pensé que lo mejor era callarme, mi cuarto estaba lleno de latas de galletas que tiré para la sala, no me importaba el escándalo, no me importaba que se abrieran al caer, nadie se atrevió a decirme una palabra, me dio pena con mami que era quien se agachaba a recogerlas, yo no podía hacer más.

Alejandro ve a Gonzalo en la biblioteca del instituto, a la hora destinada para el estudio individual de los becarios. Sal y espérame en los baños, ordena Gonzalo al coincidir con el muchacho frente al estante de los libros de química, sólo un susurro la voz de Gonzalo, nada de saludos o de sonrisas o gestos que pudieran delatar una relación sólo conocida por tres de las personas que leen, estudian o pasan el tiempo en la biblioteca. Carlos levanta la vista de su libro, ve a Gonzalo que regresa a su asiento, piensa que ha llegado el momento de hablar lo que ante sí mismo ha llamado el problema Lucila. Alejandro viene junto a él, Voy al baño, dice. Carlos va hasta la mesa de Gonzalo, pide un cigarro, que es costumbre de cualquier becario cuando encuentra persona que pueda tenerlos, no importa que sea desconocida, Necesito hablar con usted, dice, en un susurro, como si diera las gracias por el cigarro que no podrá encender hasta que esté en su cuarto. En media hora, responde Gonzalo, en el terreno de baloncesto, precisa, y sale de la biblioteca. Alejandro se demora en el urinario, se peina frente al espejo manchado por las moscas cuando Gonzalo entra, pregunta ¿Revisaste que no haya nadie?, se asoma él mismo a los cubículos cerrados y una vez verificada la soledad de ambos se instala cerca de la puerta, vigila desde allí el pasillo, dice Maritza se va del país. Alejandro podría preguntar ¿Qué Maritza? ¿Cómo usted sabe que yo tengo que ver con una muchacha llamada Maritza? ¿Qué quiere decir Se va? ¿Para qué me lo dice?, todas preguntas posibles aunque también inútiles, como inútil es decir No lo creo, Confío en ella, Maritza es incapaz de engañarme. Al ser dichas por Gonzalo no puede haber duda en esas palabras que no acaban de asentarse, están todavía como flotando, aunque una frase de la propia Maritza parpadea, intermitente, en la memoria del muchacho, Pase lo que pase. ¿Era esto?, se pregunta Alejandro. Toda la familia se va, insiste Gonzalo, ya tienen listos los papeles, en cualquier momento puede llegarles la visa, estás autorizado para hablar con ella, claro que no podrás revelar la fuente. Qué hago, es la única pregunta a la que el desconcierto de Alejandro encuentra sentido, y toda respuesta lo devuelve al vacío. Irse del país no es desvanecerse, es traicionar y morir, piensa, y en el lugar de Maritza se va abriendo una zona de dolor, como si ese descenso que ya conoce comenzara otra vez, los pies en la nada, el frío en el estómago, el final que no se alcanza a ver por más que se busque, la respiración cortada por la violencia del aire. ¿Te enamoraste de ella?, pregunta Gonzalo. No, dice Alejandro sin ánimo de engañar sino sólo porque le resulta más fácil tomar distancia, evitar la lástima del otro. Lo siento, dice Gonzalo y por primera vez una mano suya se posa en el hombro del muchacho, Estas cosas pasan, dice, ¿Tú padeces de asma?, pregunta cuando oye que Alejandro tose. No. ¿Quieres decirme algo más? ¿Necesitas conversar conmigo?

Carlos viene a contarle a Alejandro que ya habló el problema de Lucila, que Gonzalo había dicho que el padre de su novia era persona muy respetada en su país, que algunos lo consideraban un héroe, que se decía que era el combatiente más sacrificado y honesto que había pasado por aquella guerrilla, pero que nadie sabía aún cuál iba a ser el destino del grupo, que pensaba que era asunto que estaba por decidirse en un futuro cercano y que dependería de las condiciones específicas de la lucha en el momento de la partida, que a lo único que se podía comprometer por ahora era a trasmitir su petición a los mandos superiores, que lo que Carlos solicitaba era muy razonable y hermoso, que tuviera confianza, que la providencia está escrita en caminos torcidos y nadie conoce qué nos espera después de cada una de las vueltas que la vida da, que se fijara en la misma Lucila, puesta en sus manos por quién sabe qué tumbos dados por el azar, nacidos tan lejos uno de la otra, educados de maneras tan diferentes, sin saber nada el uno de la otra durante quince o dieciséis años, sin imaginar siquiera él que en algún lugar del mundo respiraba una muchacha de nombre Lucila, que pensara en cuántas cosas tuvieron que suceder en las vidas de ambos para que sus caminos llegaran un día a un mismo punto, exactamente un día y no otro, de nada hubiera valido la coincidencia de espacios si Lucila hubiera nacido un año antes o hubiera llegado un día después al sitio donde Carlos la estaba, es sólo una manera de decirlo, esperando. Todo esto es lo que Carlos viene a contarle a Alejandro, no con demasiada alegría, que Gonzalo no ha declarado promesa alguna, tampoco con el abatimiento de quien sabe que los días de su pasión están contados, que Gonzalo se ha comprometido a hacer todo cuanto esté en sus manos para que, llegado el caso y resueltas las formalidades de rigor, Lucila se considere una elegida y parta con ellos a luchar por el país que la vio nacer y donde su padre, había repetido Gonzalo, es una leyenda viva, pero ni una sola de estas palabras puede salir de labios de Carlos, y no porque Alejandro cometa la impertinencia de decir Cállate, mis asuntos son ahora más graves que los tuyos. Su rostro es suficiente para llamar a la prudencia de su amigo, hay en él las muecas que el llanto provoca pero no llora, son las cinco de la tarde de un miércoles y viste ropa de salir, Gonzalo estuvo en el instituto y Carlos habló con él sólo porque el azar se lo puso delante, obviamente era otro el motivo de su visita, a Alejandro se le ven las ganas de decir algo y permanece en silencio, parece que espera a que Carlos pregunte qué lo ha puesto en ese estado y Carlos teme abrir la boca, no sabe cómo consolar esto que ignora y que a todas luces es mal irremediable, fatalidad, quebradura de váyase a saber qué cristales. Necesito fugarme, dice Alejandro al fin. ¿Te vas sin comer? Cuídame la retaguardia, pide Alejandro sin darse por enterado de la pregunta que Carlos repite. Y, como siempre que la fuga ocurre cuando el sol aún delata los movimientos de los becarios, Carlos ve que Alejandro atraviesa el patio y salta el muro trasero para irse a quién sabe qué sitio, en las horas muertas del día siguiente habrá tiempo para que Alejandro explique, pero ahora, por más que Carlos lo conozca, la gravedad de un rostro no alcanza para adivinar problema aparecido tan súbitamente.

El recuerdo de mi padre es el de la palabra Horror, cuenta Alejandro, la escribía en la formica de la mesa de comer, en los azulejos de la cocina o del baño, en los márgenes y las portadas de cualquier revista, Horror, escribía, y luego el nombre de mi madre, Horror, gritaba, riéndose, y después Esto es muy malo, y luego, siempre, decía el nombre de mi madre. Yo me sentaba frente a él, en el comedor de la casa de abuela, y no sabía qué hacerme. Mi padre sabía muchísimo de geografía y de cine y a veces me hablaba como si su razón se mantuviera intacta. No me interesaban la geografía ni el cine, pero oyéndolo recordar nombres de penínsulas o actores dejaba de temerle. Si estábamos solos en la cocina, le gustaba tomar un cuchillo, meter la punta en el tomacorriente y extender la otra mano hacia mí, Tócame, pedía, riéndose, dame la mano, que no mata. Yo tendría siete años, o tal vez nueve, nunca más de trece. Me daba pena huir de él, y lo tocaba, creo que sólo entonces nos tocábamos. Me apretaba la mano como la pata de un animal que quisiera escaparse, el cosquilleo de la electricidad era casi nada, pero me daba miedo sentirlo, comenzar a sentirlo. Él sonreía otra vez, volvía a gritar Esto es muy malo, y cuando me veía temblar soltaba mi mano. Pienso que lo hacía para que se lo dijera a mi madre, para que ella supiera que su valor alcanzaba al menos para jugar con la electricidad. Pero yo me callaba y ella nunca preguntaba por él. A veces, si no tenía más remedio, hablaba de El débil de tu padre. No seas como el débil de tu padre, me decía, regañándome. Yo no quería ser como el débil de mi padre. Mi padre no era mi padre, era sólo un hombre que escribía Horror, y con quien yo estaba obligado a convivir un mes, una vez al año, en la casa de abuela. Yo quería ser como mi

118

madre, inteligente, como lo era ella, simpático, como ella, y decidido, tenaz, independiente. Ésa era la palabra con que se hablaba de mi madre en casa de abuela, al menos delante de mí, Tu papá nunca se debió casar con una mujer tan independiente. Yo quise ser como ella hasta el día en que me dijo Vámonos, Vamos a abandonar este país que no sirve para nada. Yo no lo podía creer, ¿irnos, nosotros? ¿Que el país no servía para nada? Este país es mío, yo mismo soy este país que para ella no servía para nada, y mi madre lo sabía. Yo era menor de edad cuando se crearon las milicias, y ella autorizó mi ingreso, y me preparaba la merienda las noches en que tenía guardia, y planchaba mi uniforme con algo que a mí me parecía orgullo, y había puesto una foto de Él en la sala. Ella cambió, había ido cambiando, y yo no fui capaz de darme cuenta, quizás porque me parecía imposible, quizás porque nunca la conocí de verdad. Jamás me presionó para que me fuera del país, ni siquiera mandó a hacerme el pasaporte. No voy a cargar contigo por la fuerza, dijo. Así hizo con mi padre, Vámonos para la capital, le dijo. Que no aguantaba más vivir en aquel pueblo donde todos nosotros nacimos. Mi padre acababa de instalar una mueblería, estaba ilusionado y respondió que no. Dijo también que no tenía derecho a abandonar a su familia. Tu familia soy yo, contestó mi madre. Jamás le oí decir Somos nosotros. Al mes y medio ya estábamos aquí, en un cuarto, ella y yo solos. Allí vivíamos aún el día en

que los rebeldes entraron en la ciudad. ¿Cuántos
años tú tenías?, pregunta Gonzalo tal vez sólo para
recordarle al muchacho que aún está junto a él,
escuchando. Nueve, o quizás ya había cumplido los
diez. Cuando ella se fue, insiste Gonzalo. Trece.
Estuvimos sin hablarnos el año y medio que tardó
en llegarle la salida, decidí ignorarla, como si ya se
hubiera ido, o muerto. Tenía que demostrarle que
era tan fuerte como ella, tan empecinado como
ella. No iba a llorar, como mi padre, ni a volverme
loco y a escribir Horror. Ella se dio el lujo de igno-
rar que yo la ignoraba. El día en que ella se fue yo
salí para la secundaria como si tal cosa, y cuando
regresé a la casa ya no estaba. Ella no me pidió
nada ese día, ni que me quedara para despedirla, ni
que le diera un beso. No recuerdo cuál fue la última vez que la vi. Tampoco me importa saberlo. Me
dejó el apartamento, el refrigerador lleno de comida, mil pesos en el banco, una mujer que limpiaba
la casa, una amiga que me llamaba de vez en cuando. Poco después comenzaron a llegar sus cartas,
puntualmente, siempre a fin de mes. Las guardo en
una gaveta de su cómoda, cerradas. Es lo único que
toco en ese cuarto. A la mujer que venía a limpiar
le dije que se hiciera la idea de que esa puerta no
existía. Si dejó un cepillo fuera de lugar, o una pol-
vera destapada, así mismo están. Para mí es como
si se hubiera muerto. Sé dónde vive, nada más. Ni si
está bien ni mal, si contenta o arrepentida, si vive
sola o tiene un hombre a su lado. Aunque ella

jamás se arrepintió de nada. Ése es su orgullo, no mirar para atrás, pase lo que pase. Ni siquiera sé por qué guardo esas cartas. O sí lo sé, las guardo porque son la prueba de mi fortaleza, si ella dejara de escribirme, yo las quemaba todas, sin leer una letra, pero cada vez que el cartero llega es como si fuera venciéndola. Allí están, no sé ya cuántas, a usted se las puedo entregar, si es necesario. Ya lo sabemos, piensa Gonzalo. Confiamos en tu palabra, dice. Las llamadas por teléfono comenzaron más tarde, cuenta Alejandro, la primera vez pensé que era abuela. Yo todavía no sabía qué hacerme con mi padre. Cuando llegaron las vacaciones y me preparé para ir a verlos, me di cuenta de que no los quiero, no me hacen falta. Tampoco creo que me quieran. La familia es una aberración. A los pocos días abuela llamó. Le inventé una historia para no ir y la aceptó sin preguntar demasiado. Mi madre me enviaba para cumplir su parte en un acuerdo, y ellos me recibían para que mi madre no dijera que no me querían. Ida mi madre, yo no tenía sentido para ellos. Cuando esa vez la telefonista me dijo Llamada de larga distancia, pensé que había sido injusto. Que abuela y mi padre me reclamaban. Que él habría preguntado por mí, tal vez porque ya no tenía a quién decirle Horror. Y respondí. Reconocí al instante la voz de mi madre. Hubiera deseado ser mudo. No tenía sentido insultarla, ni pedirle que no llamara más. Colgué. Con un golpe, como si me estuviera viendo. Nunca más lo va a hacer, me dije, su orgullo se lo va a impedir. Con ella no se pueden hacer predicciones. Al mes siguiente volvió a sonar el teléfono, y al otro mes, y al otro. Sé reconocer los timbres cuando la llamada es de larga distancia. No voy a levantar el auricular, me digo. Temo que mi padre haya muerto, o que haya muerto abuela, y caigo en la trampa. Siempre me irrita igual, y lo sabe, y por eso lo repite. Si alguna vez esas llamadas desaparecieran, yo estaría seguro de que ella no se cansó, no se dio por vencida. Sólo muriéndose me va a dejar tranquilo. Si no llamara más, es que está muerta. Alejandro termina de hablar y Gonzalo enciende un cigarro, se lo ofrece al muchacho. Alejandro aspira con fuerza, cierra los ojos, retiene el humo, lo expulsa lentamente. Ahora yo puedo morirme antes que ella, dice. ¿Vas a hablar con Maritza?, pregunta Gonzalo.

El barco cabecea levemente según las olas van siendo rotas por la quilla, el mar tiene una intensidad de azules que Ileana no se cansa de mirar, las olas rotas rodean el barco, pasan por delante de sus ojos, forman un discreto torbellino de espumas y azules más pálidos cuando intentan unirse en la popa, y se van reconciliando después, lentamente, hasta fundirse allá donde la vista sólo alcanza a ver los reflejos del sol que baja hacia el poniente. Cuando supe que tendríamos que pasarnos en los cayos dos noches con sus días decidí no decir nada en la casa, cuenta Ileana, era lo peor y lo mejor que me podía pasar. A la violencia hay que responder con violencia, al autoritarismo con desorden, pensé. En mi cuarto tenía todo cuanto me hacía falta traer, mami me vio salir con la mochila tan llena y se quedó espantada. Abrió los ojos y preguntó que adónde iba. A un trabajo voluntario, respondí, regreso el domingo por la noche. Mami trató de que yo volviera a entrar a mi cuarto y no quitaba la vista de la puerta que da a la bodega. Se me hace tarde, le advertí. Me pidió casi de rodillas que esta vez no fuera, que si yo era una muchacha tan cumplidora y responsable por una vez que faltara a un trabajo que decían era voluntario no me iba a pasar nada, que lo más importante que hay en la vida es la familia y entre papi y yo estábamos destruyendo la nuestra. Todo lo decía en un susurro, a mis manos llegaba el temblor de las suyas, a mí me daba lástima pero no podía ceder. Un elegido no se pertenece a sí mismo, tampoco a su familia. Si yo cediera aunque sea un tantico así iba a terminar teniendo el mismo miedo que mi madre, mirando sin cesar para la puerta de la bodega, levantando la vista de la mesa sólo cuando mi padre pide sal o vinagre. Tampoco era posible convencerla, mis argumentos son secretos y si no lo fueran tampoco podrían contra ese miedo. Si le digo La familia es una deformación, la mato, si le digo Mi familia es el género humano, pensaría que he enloquecido, si le digo Mi padre se ha convertido en mi enemigo,

123

sería capaz de abofetearme. Di un paso hacia la puerta y ella se me abrazó, Si tú sales de esta casa, cuando regreses no me vas a encontrar viva, dijo, sólo yo sé cuánta lástima me daba verla en ese estado, traté de darle un beso, A nadie va a pasarle nada, dije, me liberé de su abrazo, iba ya a tocar el picaporte cuando chirrió la puerta de la bodega. Adónde tú vas, preguntó mi padre. Ella regresa esta misma tarde, respondió mami antes de que yo pudiera abrir la boca. Voy a un trabajo voluntario, estaré albergada hasta el domingo. El Por favor que dijo mami no sé si fue con él o si conmigo, me di cuenta de que papi no me miraba a mí ni la miraba a ella, si acaso a la mochila, a mis botas militares. Si no viene a dormir esta noche, que se olvide de que tiene casa. Todavía en la calle oí la voz de mami diciendo Ileanita, no nos hagas esto. Ahora no sé qué va a pasar cuando vuelva, mami dice que la terquedad es lo único que heredé de mi padre. El agua del mar se va poniendo negra, de las olas sólo se ve el destello de la espuma que las corona, la fosforescencia que el resplandor del barco multiplica en torno suyo, un aire frío bate la cubierta y Rolando intuye que Ileana se estremece, se abraza a sí misma, mirar esa negrura sin fondo es como estar en los ojos de la muchacha. Que nada interrumpa este silencio, pide Rolando, Que se quede junto a mí, callada, sólo mirando el mar de la misma forma como yo lo miro. Me da miedo la libertad, dice Ileana, Me da tristeza.

Ya el aire del mar, la noche y el balanceo del barco hacen cabecear de sueño a los muchachos que se han ido sentando por babor o estribor, por la popa o la proa, sin mucho más que decirse o especular acerca de destinos más o menos mediatos o inmediatos, cuando la embarcación, deslizándose, toca el precario muelle del cayo que después sabrán es el mayor de todos los de la zona. Hay un faro cuya luz les va revelando, cada vez que su haz barre la costa, un grupo de barracas levantadas cerca de la orilla, el tupido manglar que enlaza agua y tierra en una sombra común, y cuyas ramas cierran un túnel sobre el muelle al que van bajando, por orden de Gonzalo, las mujeres del grupo. Algunos reclutas abordan el barco para cargar las cajas con provisiones o ayudar a las muchachas a saltar sobre las maderas, y, cumplido lo anterior, amarran al barco, como remolque, la chalupita que servirá para desembarcar en los cayuelos que les están destinados a los varones. El barco zarpa en cuanto está terminada la descarga, algunas muchachas miran hacia atrás y hacen su gesto de adiós, la navegación ahora es más lenta, un recluta queda sobre cubierta y, de pie en la proa, una cuerda en la mano, grita al piloto brazas de profundidad mientras derivan entre bancos de arena y cayos que casi no llegan a serlo, se quedan sólo en corona de mangles sin un pedazo de arena o tierra donde posar los pies. Atravie-

125

san un espacio donde el mar se despeja, atrás se va alejando la luz intermitente del faro, las sombras de otros cayos aparecen deformando la línea del horizonte, el ruido de los motores del barco se va sofocando. Por estos cayos suele haber infiltraciones del enemigo, dice Gonzalo, Cerca de este lugar pudieron esconder hace unos meses armas y explosivos, no sería extraño que una de estas noches aparezcan por aquí, Si ven una sombra den el alto por si son pescadores nuestros y disparen de inmediato porque es extraño que lo sean, Yo vendré a recogerlos el domingo antes de almuerzo, Quiero encontrármelos vivos. Raúl, ordena Gonzalo, el recluta tira una escala sobre la borda, hace que la chalupa se aproxime a ella, Gonzalo y Raúl bajan al botecito que parece incapaz de soportar el peso de ambos y el de la mochila y el fusil de Raúl y algunas latas de comida que dejan caer. Gonzalo toma los remos, el bote se va yendo hasta lo que se supone sea franja de arena borrada por la oscuridad de la noche. Uno tras otro los quince muchachos que quedan van dislocándose por los pedacitos de tierra que parecen puestos sobre el mar sólo para cumplir ejercicio como aquél. Alejandro y Carlos están entre los últimos y más allá todavía, cuando la luz del faro es algo menos que punto que parece flotar sobre las aguas, Gonzalo dice Rolando, y después pregunta ¿Estás seguro?, y advierte Puedes decir que no y regresamos a la base, no pasará nada malo en tu vida si te vas únicamente porque no sabes nadar. Rolan-

126

do baja por la escala, sus pies tocan las maderas de la chalupa, las rodillas le tiemblan por el vaivén repentino del botecito al recibir su cuerpo y casi de inmediato el de Gonzalo y el peso de todo lo demás que deben llevar hasta el cayo, la quilla de la chalupa se abre paso entre las aguas negras, una mano de Rolando se hunde en el mar, levantándolo, ¿Adónde vamos?, se pregunta.

Alejandro está escribiendo una palabra en la arena, la noche y las olas que vienen a morir casi a sus pies no dejarían leer lo que el palito va trazando, los rasgos sobre los que insiste cuando la espuma se detiene y se escurre y difumina los contornos. La misma insistencia de Alejandro no se pudiera decir que sea un acto consciente, la mano que se mueve y dibuja lentamente, como si recorriera una vez y otra ese camino que la naturaleza hace tan efímero, no es seguida por la mirada del muchacho, que está fija en lo distante, en lo perdido en la negrura, en algo que escapa de él con idéntica perseverancia que esas letras que no quedarán en la arena ni en el agua ni en parte alguna. ¿Ése es el destino?, se estará preguntando el muchacho, ¿que todo escape? ¿Que en torno mío sólo haya fugas y ausencias? ¿Que cuanto me rodea sea arena que absorbe y borra y ni siquiera se deja ella misma definir? ¿Maritza ida en la arena? ¿Se va Maritza?, se pregunta, ¿Te vas?, le preguntó al verla, en la misma puerta de la casa de ella, sin decirle Buenas noches, sin darle un beso. Y cómo lo supiste, respondió la muchacha cuando vio en él lo que antes que dolor era furia, todavía no odio, no rencor ni menos aún resentimientos perdurables. Tengo que verla, se decía Alejandro mientras preparaba la fuga de la beca, Que se vea obligada a decírmelo mirándome al blanco de los ojos, pensaba al encontrarse de nuevo con Gonzalo, un poco más tarde, cuando, al sentir que tenía que desahogarse en alguien diferente de Carlos, llamó a Gonzalo, y le habló de su vida, de su madre, de la palabra Horror. Que el engaño le duela, que yo pueda hacer que le duela como me está doliendo a mí, se decía, al terminar sus confesiones, cuando Gonzalo le dijo Gracias por confiar en mí de esta manera, Regresa ya a la beca, cuídate. Alejandro no habría soportado si, al despedirse de él en la terraza del dormitorio, Carlos le hubiera dicho que no estaba más que buscándose pretextos para ver otra vez a quien lo había traicionado, que a una mujer así no se regresa nunca, duela lo que duela, que desprecio y olvido son lo único que merece una actitud como la de Maritza. De estar él en el lugar de Carlos, Carlos en el suyo, sus reproches habrían sido idénticos a los que temía de su amigo, pero así como el amor es ciego también el amor ciega, la palabra de Gonzalo es sagrada pero todavía Alejandro guardaba la esperanza de que se tratara de una equivocación. Tantas muchachas se llaman Maritza, tantas familias se van del país en estos tiempos de confusiones y reordenamientos, que hasta en personas como Gonzalo el error es posible. Hay además otras pruebas de amor, evidencias de otra índole que alimentan esa ilusión inconfesada y remotísima de que la noticia dada por Gonzalo sea errónea, testimonios de los cuales ni siquiera amigo tan cercano como Carlos tiene conocimiento. No es sólo que, la noche de los primeros besos y la tarde en que almorzaron juntos en el apartamento, Maritza hubiera dicho a Alejandro que lo complacería sólo cuando estuviera enamorada, ni tampoco que aquel ruego, el Enamórame dicho por ella, hubiera sido petición que el muchacho se esforzó en cumplir, que nada tiene que ver el amor con imposiciones y esfuerzos, ya sabía Alejandro que el amor aparece por puro capricho y por puro capricho deja de ser, que viene cuando no lo buscamos y cuando lo perseguimos escapa, que está cuando no lo vemos y sólo lo vemos cuando nos falta. No había que extrañarse entonces de la súbita aparición de Maritza a las puertas de Alejandro, de que ella misma lo condujera hasta el cuarto que el domingo anterior se había negado a ver para no alentar en vano ilusiones del muchacho. Mira de cuánto es capaz una flor, se decía Alejandro, aún sin creerse muy bien lo que estaba sucediendo. Todo esto fue conversado con Carlos, el mismo Carlos, amparándose en los juegos que nunca abandonan las conversaciones entre amigos de esa edad, se había permitido decir-

129

le a Alejandro Qué rápida es la tal Maritza, Se ve
que tiene experiencia, y el otro, sabiendo lo que
sabía, perdonaba el juego, disfrutaba el equívoco, y
en alguna que otra ocasión estuvo tentado de contarle a su amigo lo que Maritza pidió fuera secreto
absoluto cuando, una vez en el cuarto, en la cama,
los dos cuerpos desnudos, tocándose, besándose,
descubriéndose, notó que algo más que ansiedad o
excitación había en los temblores y quejidos de
Maritza. ¿Eras virgen?, preguntó Alejandro ante la
mancha que suele verificar circunstancia semejante.
Alejandro jamás habría pedido a mujer alguna
prueba de amor como aquélla, pero allí estaba la
evidencia, y Alejandro la palpaba y olía, besaba a
Maritza, le decía Es verdad que me amas, y se reía,
se le salían las lágrimas, No te burles, decía Maritza, No me burlo, me emociono, respondía él, Por
favor, volvía la muchacha, Créeme, repetía Alejandro, y la besaba, tocaba otra vez la mancha, abrazaba a Maritza con fuerza, Te amo, le decía, Yo
también te amo, créeme, Te creo, decía ella, te creo
porque te amo. ¿Cómo te enteraste de que me voy
del país?, dijo Maritza en la acera de su casa, y
caminaba para alejar a Alejandro de las ventanas
desde donde podían ser vistos por padre o madre u
otras personas para quienes el muchacho era criatura desconocida. Ya la misma pregunta de Maritza
deshacía las esperanzas de Alejandro, ahora las
palabras de Gonzalo llegaban a él definitivamente,
de qué valía pedir explicaciones, Maritza se iba, lo

había engañado, iba a abandonar la patria, a convivir con aquellos contra los cuales él, fuera cual fuera su destino, se disponía a combatir. Ven, dijo Maritza, y tocó un brazo que Alejandro apartó como si lo hubiera aguijoneado la electricidad, No estoy enferma, dijo ella, No contagio, escúchame, y volvió a tomar el brazo que esta vez Alejandro abandonó, como abandonado se sentía él mismo no ya por la que había sido su novia hasta ese minuto sino por instancias mayores como la providencia. ¿Puedo hablar?, insistió Maritza. Da lo mismo, dijo Alejandro. La otra noche me dispuse a explicártelo pero no pude, Si quieres piensa que fue por deshonestidad, Yo prefiero creer que fue porque te amo, Me voy porque se va mi familia y en este país ya no me queda nadie, ni parientes ni amigos, Te di mi virginidad por despecho, para desafiar a mis padres, pero ahora te amo, te juro que te amo, Tú eres lo único. Después de oír las palabras de Maritza era ya imposible que reviviera en Alejandro la remotísima esperanza que se negaba a abandonarlo por completo, pero tampoco podía oírla y pensar Me miente, Nada he sido en su vida. ¿Te vas?, decía Alejandro, ¿me dices a mí mismo que te vas porque no tienes valor para quedarte sola en tu país? ¿Me dices que no comprendes este país, que te da miedo? ¿A mí, que con menos edad tuve coraje para decirle a mi madre Vete, me quedo solo cuésteme lo que me cueste porque éste es mi país? No te estoy pidiendo nada, dijo la muchacha, Sé que no puedo pedirte siquiera que me comprendas, Es verdad que te mentí, pero si lo hice fue sólo porque soy cobarde, y porque te amo. Caminaban y el cuerpo de Maritza se había ido aproximando al de Alejandro, la mano de Alejandro, tal vez sólo por la fuerza de la costumbre, se había posado sobre el hombro de la muchacha. Bésame, por favor, pidió Maritza, Lo necesito. Él continuó caminando como si sus pensamientos le impidieran oír. ¿No me vas a dar un beso?, insistió ella. No, respondió Alejandro, separándose ya, deteniéndose, Si decides irte, olvídate de mí para siempre, Si decides quedarte, sabes dónde encontrarme. ¿Debería decirle que también la amaba? No, pensó, que la debilidad sea de ella, que crea que el dolor es sólo de ella, y la dejó atrás, siguió caminando con ganas de volverse, de verla otra vez, de comprobar que Maritza no se había movido de la acera, que lo miraba, que esperaba de él esa que podría ser su última mirada.

La noche hermosa apenas dejó dormir a Carlos, y el muchacho agradece el aire puro del mar, el murmullo de olas y hojas y arena que se mueve a escondidas, la certidumbre del techo infinito que en la ciudad no pasa de ser intuición, y sobre todo el descubrimiento del resplandor inicial de la mañana, la difusa claridad que poco a poco fue enrojeciendo el cielo y las aguas, anunciándole que la noche y la guardia habían terminado, milagro, prodigio o renacimiento del mundo que él se detuvo a contemplar, de pie, descalzo, en el borde donde mar y tierra empezaban a confundirse, segundo a segundo de luz, centímetro a centímetro la aparición del disco rojo cuya vista pudo soportar hasta que emergió por completo sobre la línea del horizonte y pasó de plato incandescente a bola de fuego, candela cegadora, castigo, pago o sacrificio de los ojos por la demasiada belleza que les ha sido ofrecida. Criatura que ha comenzado un día de manera semejante no debía esperar sino buenos augurios, nada que ensombrezca o estorbe las horas por venir, el tiempo en ocio y soledad parece interminable, el mismo sol que apareció de forma un tanto súbita pronto caminará muy lentamente para quien sólo esté atento a su ardua ascensión hasta el cenit. Alejandro había prometido que intentaría venir si la distancia entre uno y otro cayo lo permitía, y almorzar juntos, tal vez probar suerte en la pesca, el día también aleja infiltrados y otros peligros propios de la noche. Carlos camina mientras tanto por el cayuelo, va rodeando su perímetro por tierra, arena o agua, según las veleidades del mangle que a veces se interpone a su paso, o de las blanquísimas extensiones de arena donde el mar se duerme, sobre todo a estas horas en que apenas sopla una brisa que no llega a tocar la superficie gris que los pies de Carlos parecen romper. Placeres como éstos no dejan pensar, sentidos y neuronas no son suficientes para que un hombre se complazca con ellos y los guarde hasta ese límite que, con un tanto de prepotencia, llamamos para siempre. Ni siquiera el fusil que Carlos lleva colgado en bandolera es capaz de ofender la pureza del paisaje, menos aún de llevarlo a pensamientos oscuros acerca de su vida o de su muerte, que de todo puede esperarse en quien se prepara como un soldado que ha de pisar tierras desconocidas y en guerra, no se diga tampoco que las hasta ahora pequeñas y previsibles desavenencias con Lucila puedan ser sombra que manche lo que con toda propiedad se pudiera llamar felicidad de Carlos. Si acaso el nombre de Lucila aparece en sus elucubraciones de esta mañana es porque soledad y naturaleza como éstas merecen ser disfrutadas junto a una mujer, bien que le vendrían a estos colores y luces algo de la desnudez que conoce de Lucila o de lo que pudiera imaginar de Ileana, que está tan cerca y es imposible suponerla en estas playas sino desnuda y feliz. Dado el lento paso que lleva Carlos, lo que ha caminado, y la altura, ya no tan discreta, que el sol alcanza, se pudiera decir que ha pasado la hora novena del día. Él no es capaz de adivinar lo que tal vez a esta misma hora está ocurriendo con Lucila, aunque ayer, cuando tuvo que explicarle que no se verían el fin de semana, mintió sobre cierto estudio intensivo organizado por el instituto ante la cercanía de pruebas finales, y ella, una vez más, hizo su protesta, Ya casi ni nos vemos, dijo, y pasó el resto de la noche no digamos triste o molesta, sino como pensativa, quizás ya tramando o decidiendo que la mejor forma de verificar una duda es acudiendo a ella. Siendo aún muy de mañana Lucila preparó todo cuanto suele llevar sábados como éste al apartamento de Alejandro, y luego de atravesar la ciudad llamó en lo que conocía como dormitorio de su novio, y pidió al muchacho que abrió la puerta Llámame a Carlos. Es posible imaginar los pensamientos que comenzaron a acudir a Lucila una vez que se hubo cerrado la puerta sin que becario alguno pudiera dar fe de Carlos, Alejandro o el tal estudio intensivo, y aún más cuando, decidida a saber qué se le ocultaba, se encaminó al apartamento y encontró las camas tendidas, las hornillas frías, la comida que sobró el domingo pasado intacta en el refrigerador. Tal vez en el minuto en que Lucila tira la puerta del apartamento y decide echar a la basura todo cuanto había cargado para saciar el hambre y los deseos de fumar de los becarios, Carlos llega al final de su bojeo y se dedica a armar un colgadizo de ramas que lo proteja del sol ya inclemente de la media mañana, o quizás aquello ha sucedido algo más tarde y ya Alejandro está junto a Carlos, los cayuelos se ubican más próximos de lo que la incertidumbre de la noche y la lentitud del barco hizo suponer, y ha podido llegar hasta aquí caminando por bancos de arena, a veces nadando, el fusil resguardado sobre una pequeña balsa, y ahora entre los dos buscan la manera de adornarse el almuerzo con alguno de los muchos peces que vienen a mordisquear las raíces del mangle. Es una ocupación que los entretiene y a veces los divierte o los hace discutir, porque una y otra vez, perseguido por mano o vara puntiaguda, basta un roce en el agua, el desplazamiento de una sombra, para que el pez no deje de sí más que un remolino o rastro de luz, y es inútil que Carlos lo persiga, apedree el mar, se golpee un pie hasta la sangre contra una raíz escondida en la arena. Carlos sale del agua cojeando, se deja caer, observa la uña levantada, borra el hililo de sangre diluida que mancha poco más que el dedo, aprieta la magulladura, hace un gesto propio de quien padece dolor insoportable. Eres un flojo, dice Alejandro. Ven a ver, pide Carlos, apretándose el dedo. ¿Y si hubiera sido un balazo?, responde Alejandro, ¿Y si para torturarte te arrancan una a una las uñas de los pies y de las manos?, insiste Alejandro, ¿Te imaginas un dolor mayor que el que tienes ahora repetido veinte veces? ¿Te imaginas ver tú mismo cómo las pinzas se acercan a tu dedo, se prenden de la punta de la uña, tiran hacia arriba o hacia alante, y la uña poco a poco se va desprendiendo de la carne, veinte veces? No es lo mismo, dice Carlos, todavía restañando lo que ya no pasa de ser gota de sangre. Alejandro toma de la arena una concha partida, ¿Ya te sientes capaz de matar?, y acerca a su brazo los bordes rosados y cortantes de la concha, traza en su piel una rayita blanca en el primer intento. Tengo hambre, dice Carlos, y Alejandro repite el roce de los bordes filosos por su brazo, lo hace lentamente, pensemos para que Carlos pueda ver mejor el recorrido del pedacito de concha o los límites de su voluntad. Poco a poco la piel se va abriendo, el rasguño se convierte en arañazo y luego en herida sobre la que Alejandro insiste otra vez, quizás ya no con tanta fuerza. Deja eso, pide Carlos, tengo hambre, volvamos a la realidad. ¿Y cuál es la realidad?, pregunta Alejandro, ¿Esta herida, la magulladura de tu pie, el cayo, la prueba de química que tenemos la semana que viene, el hambre que sentimos en este minuto, Gonzalo o Lucila? ¿Estás tan seguro de que quieres volver a la realidad?, pregunta Alejandro, y luego de limpiarlo en el agua del mar, da a Carlos el fragmento de nácar, Toma, dice, ésta es la realidad, Ten valor para cortarte tú mismo. Un manotazo de Carlos golpea la mano de Alejandro y hace caer la concha partida. Alejandro se siente golpeado y empuja, derriba al otro sobre la arena. ¿Es por Maritza?, pregunta Carlos, Ella te engañó, dice, Bórrala, desaparécela, mátala de tu vida, y se pone de pie, pasa junto a Alejandro, camina hacia el colgadizo, Vamos a cocinar algo. Y yo a ella, dice Alejandro, igual que tú estás engañando a Lucila. Carlos busca en su mochila una lata de carne, Se va del país, dice, nos traiciona. Alejandro camina hacia el mar, ¿Tú sabes lo que es quedarse solo? ¿Tú sabes por qué yo te llevé a vivir a mi casa? No fue por ti, dice, no tuve lástima de ti sino de mí mismo. La lata de carne no aparece en la mochila de Carlos y él no ve los pies de

Alejandro que entran en el agua. Si la quieres tanto, quédate, dice Carlos, renuncia a ser un elegido.

El cuerpo de Alejandro se tiende sobre la superficie del mar, pies y manos levantan espumas, el fusil y la pequeña balsa quedan en la orilla, tal vez sienta un levísimo ardor recorriéndole el brazo, haya unas gotas de sangre que van quedando disueltas en el azul, alejado ya un tanto de la costa, la furia de las primeras brazadas se disipa, la cabeza permanece dentro del mar hasta que el aire inhalado se agota, la arena esparce su blancura revuelta por los remolinos en que el agua desciende, la nariz y la boca de Alejandro encuentran aire, en los pulmones queda un pequeñísimo silbido, los ojos ven la misma extensión inmutable, el mismo resplandor que enceguece, abajo el fondo se aleja, las claridades se agotan, el mar se espesa en sombras, la persistencia de lo salado irrita tanto como el sol, ¿Renunciar?, se pregunta, y no porque ésas sean las palabras que su razón prefiera escuchar, ¿Salvar a Maritza será suficiente?, y deja los ojos cerrados, inhale o exhale lo estará rodeando la misma negrura, ¿Adónde voy?, querría saber, los chasquidos del agua se repiten hasta hacerse un rumor constante, Olvidar, una vez más, Que todo acabe, y deja quietos brazos y piernas, boca y nariz esperando, bajo el mar, ¿Podré?, se pregunta, ¿Que los pulmones se nieguen, ahora mismo, que se queden quietos, que no puedan más?, y el cuerpo flota, ovillándose, el rostro emerge, otra vez, inhala con fuerza, a pesar suyo. Nada me ata a una tierra donde no tengo a nadie, a una vida donde no encuentro nada. Que llegue el momento de perderme en otras tierras, Que la suerte cumpla lo que mi voluntad o cobardía no me permiten, y me dé lo único que quizás merezco, piensa Alejandro, los ojos cerrados, los brazos y las piernas repitiendo de nuevo los mismos movimientos, la cabeza hundida en el agua, exhalando, el mar abriéndose en torno a su cuerpo, el sol quemando su espalda desnuda.

Las llamas de la pequeña fogata que arde casi quemando los pies de Miriam no bastan para ocultar los parpadeos que ocurren en lo alto, y la mirada de la muchacha va de un punto a otro, pasa sin transiciones de constelación a constelación sin saber muy bien qué figuras son las que aturden sus ojos. Esta noche no ha venido a sentarse sola junto a la puerta de la barraca para identificar o descubrir balanzas o arqueros que estarían sobre ella augurando fortunas o inconvenientes. De todas formas son demasiadas, infinitas luces, y no importa que ese silencio haya antes desconcertado a otros, el vértigo vuelve a estar en ella y es estremecimiento que toda criatura está destinada a padecer o a gozar por sí misma. Nada es Miriam cuando se somete a la mirada del firmamento que parece descender sobre ella, venir a absorberla, su propio cuerpo se va consumiendo, sentada en una piedra, la cabeza doblada hacia lo alto, las manos abrazadas a las rodillas, diríase que preparada para girar en lo vacío que la absorbe. Bastaría que cualquiera de esos punticos trazara sobre lo negro el haz de luz de su caída para que la muchacha consuma el rito que la hace mirar y mirar, que miles de años atrás un fragmento cualquiera haya escapado de su cauce para que Miriam piense su deseo o lo diga en voz muy baja, y una vez dicho o pensado lo que es ansiedad o duda, la bóveda regrese a su lugar y Miriam vuelva a ser persona que cumple con su guardia, elegida de quien puede pender la salvación de un fragmento tal vez minúsculo pero igualmente valioso de este mismo universo que ahora intenta reducirla. De todas formas cuando Gonzalo, que dedica estas horas a recorrer las postas, a sorprender el sueño o el temor de las que están vigilando el cayo, decida antes de llegar a Miriam ir a buscar primero un poco de café, y luego se le acerque, la contemple por un momento, el cuerpecito cada vez más recogido sobre sí mismo, ya no como quien espera comunicarse con lo desconocido sino sólo como criatura que aguarda protección, espalda que se acomoda para que otro venga a abrazarla, oreja que parece pedir la sorpresa de una boca que bese o murmure, y venga despacio, como la noche y la misma concentración de la muchacha lo aconsejan, a sentarse junto a ella, y el jarro vaya pasando de una a otra mano, bebido el café sorbo a sorbo, y él pregunte ¿Qué mirabas?, le señale el carro mayor y el carro menor, ella contará que sólo aspiraba a sorprender una estrella fugaz para pedir el cumplimiento de un deseo, que el tal deseo ya fue solicitado, que el cielo fue pródigo y lo pidió no una sino tres veces, la petición ya lanzada, trazando su destino en ese arco superior que los astros han formado para ella. ¿Y cuál es ese deseo que de inmediato será orden, fatalidad, camino inexcusable?, querrá saber Gonzalo. Miriam explicará que la ley que enlaza destinos con estrellas fugaces exige la debida discreción, Gonzalo añadirá que sólo si quien pregunta y lo que se ha pedido son una y la misma cosa. ¿Lo serán?, se dice Miriam. ¿Lo somos?, insiste Gonzalo. Que termine mi incertidumbre, confiesa Miriam, Que sepa si seré una elegida, que conozca el minuto en que partiremos, que vea de una vez cómo mi pie deja su huella en esas otras tierras del mundo que iremos a liberar, Que pueda decir Iremos, Seremos, Estaremos, Pelearemos, Moriremos, Venceremos. Mira mi mano, dice Gonzalo y la extiende hacia Miriam, abierta, la palma mirando al cielo que ha vuelto a ser sólo vastedad y silencio. La muchacha toma la mano que le ofrecen, pasa la punta del índice por callosidades y líneas, Gonzalo la va cerrando, la mano de la muchacha, cálida y pequeña, queda atrapada, o guardada. Aquí están tus estrellas, dice Gonzalo, Cierra los ojos y pide. Los ojos de Miriam permanecen abiertos, buscan ahora en la mínima oscuridad que son las pupilas del hombre que está frente a ella. Aquí, insiste él, en mi mano, Ciérralos, concéntrate y pide, ordena. La muchacha obedece, el crepitar de la pequeña hoguera se hace evidente, Ya, dice, y una mano va liberando la otra.

Estaba de espaldas al cayuelo, mirando el mar, cuenta Rolando, veía ir y venir puntos de luz, pensaba que podían ser los destellos del faro, pero también linternas, fanales, avisos, o a lo mejor salpicaduras, peces que saltaban en la superficie del agua. La noche lo vuelve todo muy confuso, uno mismo se siente otro cuando está solo y sus ojos alcanzan únicamente siluetas o la nada a que la oscuridad lo reduce todo. De repente algo me aconsejó que mirara hacia atrás, no sé si un estremecimiento, si vi en la orilla o en el mismo mar el reflejo de otros fulgores que no eran los que me tenían inquieto, o si fue esa sensación de estar más solo, ese congelamiento o vacío con que a veces el peligro nos toca, no recuerdo, pero sí sé que me volví de golpe, que vi las primeras llamas, y en seguida el alboroto, los pájaros que levantaban el vuelo, los silbidos que comenzaban a despertar lo que hasta entonces había sido murmullo del agua en la orilla, roce de la brisa entre las hojas del mangle, arrastrarse de cangrejos o tortugas en la arena. No había empezado a mirar, a pensar, y ya las llamas eran más altas, lo rojo le estaba dando la vuelta al cayo, a izquierda y derecha las lengüetas de luz se iban levantando, sacando las cabezas como si un ejército de fantasmas me rodeara, ese pedacito de tierra iba a ser consumido en minutos, las ramas crepitaban, los pájaros piaban, ululaban, chillaban, la columna de aire caliente se hacía cada vez más alta, ¿Quiénes son?, me preguntaba yo, tan fácil que era matarme, un solo disparo, uno que se arrastrara hasta mí con cuchillo o fusil, lo mismo daba, si son bandidos para qué necesitan el escándalo de un fuego. Entre la vegetación y yo apenas había unos metros, la candela se había detenido, se oían ruidos que parecían la combustión de la tierra, Está cogiendo fuerza, me dije, preparándose para venir a buscarme, ya tenía la impresión de estar sintiendo el primer calor, pero la distancia era la misma, o quizás yo me consolaba pensando en que mi tiempo podía ser un poquito más prolongado, toda la vegetación del cayuelo era baja, una palma cana se alzaba en su centro y ahora era antorcha, faro, en el cielo se levantó una bengala, Ya otro sabe lo que está sucediendo en este cayo, pensé, quizás era una operación para distraernos, que los reclutas y ustedes mismos vinieran a salvarme, en las barracas del cayo debe de haber armas, pensaba, explosivos, si queman las barracas o hacen estallar el barco entonces sí que estamos perdidos. La arena comenzó a ponerse negra, lo viviente avanzaba hacia mí, Son arañas, pensé, cangrejos, todo lo que aún palpitaba en el cayuelo se me acercaba, Son animales, pensé, que vienen a sal-

143

varse o a destruirlo todo, a tomar venganza contra lo que les está acabando su vida. Sentí cuerpos que reptaban, alas que rozaban mi cara, patas que buscaban la seguridad de mis piernas, enjambres de mosquitos que zumbaban alrededor de mi cabeza, la palma cana seguía ardiendo, algo que pudo ser un tronco seco tuvo un estallido, una nube de ceniza y candela se elevó un poco más, era como una señal, la columna de humo se acostó sobre la vegetación aún viva, mis pulmones sintieron primero el fresco del viento que había cambiado de dirección y luego el escozor, la asfixia, las llamas volvían a avanzar, las veía levantarse, acercarse a mi pequeñísima franja de arena. Están al llegar, pensaba, en cualquier momento se oye un disparo, una explosión, en otros cayuelos se levantarán paredes de fuego como esta que ya viene a quemarme, saben que estamos aquí, nos han visto venir, quedarnos solos, el enemigo vigila paso a paso lo que estamos haciendo, está entre nosotros, es uno de nosotros y ahora decide destruirnos antes de que estemos preparados y partamos a liberar otras tierras del mundo. En todo el día no había sacado mis pertenencias de la mochila, no me había despegado del fusil. ¿Nadar?, ¿escaparme hasta otro cayuelo cercano? Aquél era mi territorio, me habían dejado en él para que lo defendiera y mi pedacito de tierra me lo estaban convirtiendo en brasas, carbones, infierno que minuto a minuto avanzaba. Ya sabía que iba a morir y que si vivía era porque mi vida ni siquiera era importante para ellos. Quería verlos, descubrir aunque fuera la sombra confusa de un cuerpo, disparar, saber que yo no había sido una presencia inútil. Éramos una docena los que estábamos dislocados por estos cayos y únicamente en el mío se levantaban llamas, ellos que nos conocían y vigilaban me habían escogido a mí. ¿Yo, el mulato, el incapaz?, ¿el que iba a estar mirando el mar, temiéndole a las sombras del mar mientras a mis espaldas desembarcaban y encendían hachones y me rodeaban y después se iban impunemente? No podían estar muy cerca, las llamas ya estaban llegando a la franja de arena que me protegía y era imposible que otra persona permaneciera en el cayo. Miré de nuevo el mar, debía de haber un barco, Quizás en este mismo minuto me estén mirando, me decía, pero sólo era capaz de descubrir la oscuridad que me rodeaba, varias veces había sacudido mis piernas para liberarlas de lo que trepaba por ellas, algo me estaba picando con intensidad. No fue un pensamiento, no me dije Entra en el agua, había estado sin moverme, paralizado en mi asombro o en mi terror y ahora corría, los bichos que se habían refugiado en mí trataban de subir en la medida en que mis piernas iban entrando en el mar, me dejé caer, hundí mi cabeza dejando en alto la mano que sostenía el fusil, sentí sobre mis ropas y mi cuerpo pataleos, estertores, volví a ponerme de pie, quería correr, por aquel banco de arena que parecía infinito hubiera podido alejarme del cayo pero la fuer-

145

za del agua me detenía, la mochila se había vuelto mucho más pesada, me viré hacia las llamas y vi la silueta de una persona, no puedo decir Pensé, no sé cómo levanté el fusil, ya yo era un soldado que actuaba por instintos, mis manos, mis ojos, mi dedo índice no recibieron orden alguna, mis oídos apenas recuerdan el estallido de las balas, mi hombro no guarda dolor por los golpes de la culata, vi la silueta correr, caer, oí la voz de Miriam gritando tu nombre.

Yo estaba de guardia en este mismo lugar, cuenta Ileana, cuando Miriam vino a decirme que nos íbamos de operaciones. Todo el tiempo de la guardia lo había pasado sentada allí mismo, en la punta de este muelle, las olas que batían contra los pilotes salpicaban mis pies, tú buscabas luces en el mar y yo miraba en el mar los días que han sido mi vida, que la han hecho o la han deshecho, no sé, no entiendo. ¿Hay un orden, una determinación? ¿Por qué soy Ileana, nacida de un padre bodeguero y de una madre que no quiere para sí más que la seguridad del hombre que duerme junto a ella, y le da techo y comida? ¿Quién me puso en su vientre y me hizo distinta de ella, de los dos, de todos los que fueron uniendo sus sangres para que yo, alguna vez, tuviera un cuerpo y una voz y un nombre y eso otro que llamamos alma? ¿Creo en reacciones químicas, en impulsos eléctricos, en las circunstancias históricas, en el azar? ¿Estamos escritos, condenados? Si hay ese orden lo niego, lo repudio. Si me han dado una vida, la necesito a mi gusto, hecha por mí. ¿Y qué quiero ser?, me preguntaba, ¿ola que insiste, que viene una y otra vez a golpear y desgastar hasta que su voluntad se cumpla, o pilote de madera que resiste con la misma constancia que es golpeado? ¿Qué quiero ser, qué me dejan ser? Me sentía anclada, sujeta. Mi padre me dijo Si no duermes esta noche en la casa, no regreses. Sé que cuando me vea le faltará valor para decir Vete, estará varios días sin hablarme, amargará los almuerzos maltratando a mami, tal vez la próxima semana salgamos otra vez a un cayo, a la sierra, y nos diremos de nuevo las mismas ofensas, nos miraremos con idéntica rabia. ¿Odio a mi padre? ¿Lo amo todavía? Si llego a ser una elegida saldré de casa discutiendo con él, dejaré a mami llorando en la puerta, y no quiero que sea ése el recuerdo con el que vaya a enfrentarme a la muerte. No regresaré a mi casa, me decía mientras miraba en el mar los días que han sido mi vida, hablaré con Gonzalo, que me lloren desde ahora los dos, que imaginen que he muerto, que duermo en los parques, que he ido a vivir con un hombre que ni siquiera conocen. Que cuando alguien pregunte por mí, se avergüencen, pensaba cuando Miriam vino a decirme que nos íbamos de operaciones. Subí en el bote, Gonzalo remaba, se nos había pedido silencio, las demás querían saber adónde íbamos. ¿Adónde vamos? Siempre hacemos la misma pregunta, y nadie sabe. Quiero llegar a mí misma, me decía, no importa cómo. Desembarcamos en un cayuelo, Gonzalo buscó una rama seca, encendió el primer hachón, ordenó que cada una prendiera el suyo. Yo no imaginaba nada, eran tan hermosas las llamas que subían, las veía como un desafío, ellas crecían, tomaban fuerza, iban avanzando y consumiéndose, muriendo con la misma intensidad que nos iluminaba. Gonzalo nos dijo que regresáramos al bote, él tomó los remos y fuimos dándole la vuelta al cayo. Ya el fuego se cerraba, vimos en el centro arder una palma que parecía antorcha, faro. Quiero verlo nadar, decía Miriam, riéndose, Si me mintió se va del grupo esta misma noche, decía Gonzalo, y no me daba cuenta aún de quién hablaban. En el aire los pájaros aleteaban, ululaban, chillaban, se oían silbidos, crepitaciones, estaba ciega. El agua, el fuego, mi vida pasando, mi destino trazándose, cumpliéndose, ¿conmigo? ¿A pesar de mí? Allí está, dijo Gisela. Eras una silueta roja, queriendo correr en el agua, cayéndote, parecía que tú mismo eras ya rama encendida, pedazo de fuego que el viento arrastraba. ¿El hombre nuevo tiene que saber nadar?, me preguntaba tu voz. Estábamos muy cerca de la orilla y salté del bote, las manos de Miriam y Gisela trataron de sujetarme, la voz de Gonzalo quiso detenerme, corría por la arena y bajo mis botas crujían armazones, carapachos, Rolando, grité, en mi rostro sentía el calor del aire, el humo me ardía en la nariz y la garganta, Rolando, repetí, ahogándome, te vi dar la vuelta, tus ojos como dos brasas, mis pies se enredaron en algo, no supe si raíz o animal, cayéndome oí las ráfagas, Miriam gritaba mi nombre, cuando pude mirar todos corrían hacia mí, tú salías del agua, volabas por encima de la arena, yo veía tu desesperación y quería decirte que no pasaba nada, tú decías La maté, y tu dolor me resultaba tan hermoso que no me dejaba explicarte, te abrazaste a mí, me tocaste los ojos y la frente, estabas a punto de llorar cuando Gonzalo te quitó el fusil y dijo Son balas de salva, y te felicitó y dijo que yo había cometido una indisciplina gravísima y mi calificación en este ejercicio era deficiente.

Es para ti, dice Rolando, y deja en las manos de Ileana un collar de conchas. Pónmelo tú mismo, pide la muchacha y se aproxima para que las manos de él alcancen su cuello. Las manos de Rolando se enredan en el pelo negrísimo de Ileana, evitan tocar las orejas que agradecerían ese roce, esa cercanía, y apenas se demoran en el cuello lo suficiente para que la cortesía no se torne desinterés, desaire. Gracias, dice la muchacha y besa la mejilla de él. Gracias a ti, dice Rolando, Si no hubieras corrido no sé qué me hubiera hecho. Nadar, responde Ileana, y sonríe. Hay un minuto en que ambos se miran y se van poniendo serios, alguien debía susurrar en el oído de Rolando Bésala, no equivoques la prudencia con la timidez, mírale las aletas de la nariz que están palpitando, toca sus mejillas y sabrás que arden, pasa un dedo por sus labios y comprobarás que tiemblan, pregúntale qué habría hecho anoche si Gonzalo no hubiera llegado con sus felicitaciones y regaños, pídele que te confiese lo que estuvo a punto de decir ahora y tú mismo cortaste al poner en sus manos el collar de conchas. Pero no hay voz que ayude a Rolando, la mirada continúa, es ella misma casi beso que los dos disfrutan, Ileana ladea la cabeza, sus ojos se van cerrando lentamente. ¿Ola, pilote?, pensará cuando su boca va posándose en los labios de Rolando. Te amo, quisiera decir él pero la voz de Ileana se adelanta, Te deseo.

Nada se han dicho Carlos y Alejandro desde que volvieron a verse en el barco que el domingo en la mañana fue recogiendo a los muchachos dislocados en los cayuelos, ni luego durante las horas en que permanecieron en el cayo mayor en espera del regreso a tierra firme, uno siempre lejos del otro. Y ya terminado el entrenamiento, caminando de regreso a casa, todavía uno delante, en la acera, y otro en la calle, Carlos podrá tener el impulso de ir para la beca, olvidar que alguna vez Alejandro lo invitó a compartir techo y comida. Y si tomó el mismo rumbo que el otro no es porque repudie demasiado la idea de quedarse otra vez los fines de semana en donde no sólo faltan implementos como cocina o refrigerador, o espacios como balcón y comedor, a los que se ha ido habituando, y que dormitorio sea palabra que algún sabor ingrato debe traer a quien ha quedado huérfano de padre y procede del campo, sino que en el apartamento de su amigo permanecen escasas y por ello mismo imprescindibles pertenencias suyas, y tampoco Alejandro ha cometido la descortesía de decir No vengas, ten la delicadeza de esperar a que se nos olvide un poco aquella discusión. Si alguna vez las hubo, ya las ganas de decirle a Alejandro Quédate solo, Resuelve con otro tu lástima, se han ido disipando. Así ocurre cuando la rabia acude tan súbitamente entre personas que se tienen estimación, o afecto o, tal vez éste sea el caso, amor. Los dos muchachos caminan juntos, en silencio, y en silencio esperan una guagua, y miran pasar la ciudad por las ventanillas, y llegado el momento descienden, uno va tan cabizbajo y pensativo como el otro, cada cual rumiando explicaciones o disculpas con qué aliviar las horas que vendrán después, el baño y la comida o los demás deberes domésticos que deberán compartir. Pero algo más que las disculpas por la pelea del cayuelo tiene que explicar Alejandro, y no encuentra cómo separar esto de aquello, evitar que su amigo confunda lo uno con lo otro. En el cayo donde el faro iluminaba barracas y reclutas y muelle y armas, antes de provocar el incendio que probó las aptitudes de Rolando, y mientras las olas continuaban yendo y viniendo, golpeando raíces de mangles y pilotes clavados en el mar y retirán-

151

dose suavemente, Ileana buscó a Gonzalo y le contó lo sucedido en su casa, explicó que a un sitio donde son inevitables altercados de tal naturaleza le era imposible retornar, y que su única alternativa para permanecer en el grupo estaba en vivir en otra casa hasta que se decidiera si merecía o no ser una elegida. Ésa es tu opción, dijo Gonzalo. Lo es, respondió Ileana, y mientras el barco iba de cayuelo en cayuelo recogiendo a los combatientes dispersos y azotados por los mosquitos, Gonzalo pensó que tal vez el apartamento de Alejandro podía ser ese lugar donde Ileana viviera estas semanas finales, y después, en el cayo, consultó el parecer de Alejandro y le explicó que, de ayudar a la muchacha, estaría obligado a respetarla como a una hermana, y que, en tal caso, también era menester que Lucila fuera alejada del apartamento, toda vez que sería muy difícil hacerle entender a la novia de Carlos por qué una desconocida la había desalojado de un cuarto que ya disfrutaba como propio. Sin decir palabra salieron Alejandro y Carlos del cayo, y sin decir palabra comienzan a subir las escaleras del edificio y llegan a la puerta del apartamento que uno de los dos, no importa cuál, abre, como tampoco importa cuál de los dos ve primero a Maritza, sentada en el sofá de la sala, una rosa ya mustia en la mano. Verla y que se cure lo dañado entre Alejandro y Carlos es una y la misma acción, la mirada de Carlos pregunta a Alejandro ¿Qué hago?, la mirada de Alejandro le pide a Carlos No me dejes solo, la mirada de Carlos responde Escúchala y sé firme, yo me encerraré en mi cuarto, hablaremos después. Maritza se pone de pie, quizás espera palabras, tal vez que Alejandro camine hasta ella, le dé un beso, se sienten juntos en el sofá desvencijado. ¿Qué tú haces aquí?, pregunta el muchacho y no habría que culparlo porque su voz haya sido un tanto dura. Me dijiste que si te necesitaba sabía dónde encontrarte, vine a hablar contigo, ¿podemos ir para tu cuarto? No, responde Alejandro. Por favor, insiste ella. No, dice él otra vez y camina hacia el balcón, pasa junto a Maritza sin tocarla, no queriendo creer todavía que la muchacha haya venido a decir Me quedo, Seré como tú. Lo demasiado también asusta o daña cuando tiene que ver con la felicidad, Alejandro desearía escuchar palabras muy simples, que Maritza haya venido por una prenda olvidada. La muchacha lo sigue al balcón, se recuesta como él de la baranda, He pensado mucho en nosotros, comienza a decir, En mis padres, Yo no soy como tú pero te amo, No quiero irme pero de repente he descubierto que estoy sola, A veces imagino que me quedo, que termino mis estudios, que nos casamos y tenemos hijos, Lo imagino y me parece estar en paz, como si fuera feliz, Quisiera oírte decir no sólo que me amas sino que quieres que me quede a vivir contigo, en esta casa o en la mía, no importa, Que serás la familia que estoy perdiendo, Si me lo dices, ahora mismo busco mis cosas, me olvido de mis padres, rompo el pasaporte, Si no me lo dices sé que no encontraré valor para quedarme, No tienes que responderme en este minuto, Piénsalo, Ya sabes dónde encontrarme. Mientras Maritza habla Alejandro está como mirando a la calle, el balcón permite esas distracciones, un auto que pasa, el cartero que busca el número de un edificio, un árbol, una hoja que cae. La muchacha termina y no recibe un gesto, Me voy, querría advertir, o preguntar ¿Me voy? También ella ha dicho ya lo suficiente y la inmovilidad del otro puede indicar ingratitud o desamor, ella no sabe, a ella le queda sólo callarse, esperar, aún con la esperanza de que sea pronunciada una palabra. Pero yo no puedo ofrecerte nada, piensa Alejandro, Mi vida ya no es mía, y sabe que ésas son palabras que no pueden ser pronunciadas, como tampoco puede decir Quédate junto a mí. Maritza espera, Alejandro supone que lo debe de estar mirando, que en los ojos de la muchacha debe de haber ya una lágrima. Maritza deja la rosa en la baranda, se va lentamente, esperando aún. Las manos de Alejandro continúan aferradas al balcón, los ojos siguen fijos en la nada, para él ya no hay rosa ni calle ni Maritza que sale del edificio y mira por última vez hacia arriba, todavía esperando.

Esta noche hay estrellas también en la bóveda bajo la que Miriam descansa, quizás no puedan verse tantas como en el cayo, hay otras luces que estorban la limpieza del cielo, la muchacha está acostada bocarriba, la espalda desnuda sobre el suelo húmedo, el pelo rubio confundido con la arena, daría la impresión de que mira o espera. Si un astro trazara en lo negro su estela de fuego sería oportunidad desperdiciada, ya no hay preguntas que hacerle a ese espacio, las incertidumbres se han resuelto de forma un tanto más rápida de lo que era previsible, y es natural que la solución de un enigma traiga consigo nuevos desconocimientos. Miriam sabe que las nuevas respuestas no serán encontradas en lo alto, tal vez estén en esa mano suya que palpa la arena, la levanta, hace montoncitos de polvo, colinas o desfiladeros que de inmediato el terral habrá deshecho, tal vez estén en esa mano de Gonzalo que descansa tan cerca de la suya y que ahora no sabe si tocar. Él parece dormir pero quizás vigila, siempre semeja un animal alerta, oreja, piel o antenitas invisibles que registrarán todo sonido, movimiento o luz que ocurran en su ámbito. Miriam observa la mano de Gonzalo, el brazo velludo, el torso al que hace tan sólo unos minutos se abrazó, el pecho que fue besado por ella, la boca entreabierta, los ojos cerrados, el pelo tocado por la arena. Siempre que terminaba de hacer el amor con Jorge la complacía dormirse sobre el pecho desnudo de su novio, y allí encontraba sudores, latidos, murmullos que oía como ecos, resonancias de sus propias palabras o gemidos. Si, vencido el temor o la lejanía que hay entre su cabeza y el pecho de

Gonzalo, se decidiera a llegar hasta él, descansar oreja sobre pectorales, escuchar, ¿qué encontraría? ¿Misterios, desconocimientos, historias o dudas que no le pertenecen? Le da miedo volver a tocar el pecho de Gonzalo, el cuerpo de Gonzalo que, aún desnudo, había perdido ya la indefensión que creyó verle en el instante en que camisa y zapatos y pantalón fueron dejados en la arena, y ella descubrió cicatrices, alguna cana, imperfecciones que la acercaron un poco más a ese hombre que aún le provoca temores. ¿Espera Miriam a que se despierte, la mire, le imponga un deseo, le ordene darle un beso, sacudirle la arena de la espalda, ponerse de pie? ¿Sospechaba Miriam que al día siguiente del regreso de los cayos Gonzalo iría al instituto, le diría Tengo en la mano las respuestas que buscabas allá arriba, Si quieres conocerlas sólo tienes que venir conmigo? ¿Que mientras, de pie en el pasillo, escuchaba a Gonzalo, estaría mirando a Jorge, sentado en el aula, mirándola a ella, y que antes de atender tales ofrecimientos o solicitudes le diría al que aún llamaba su novio Tengo que irme, y que al decirlo no sentiría vergüenza sino algo semejante a la lástima, y que se despediría de él con un beso en la mejilla, que él le retendría una mano, que en la mirada de él habría un Qué que ella soportaría, mirándolo, diciéndole No me mires así? ¿Tenía la esperanza Miriam de que, una vez llegados a la playa, el jeep detenido cerca de la arena, el sol todavía visible, Gonzalo le dijera Eres una elegida, Te ganaste el derecho a partir con el grupo, Yo seré tu jefe, Muy pronto nos iremos? Y una vez recibida la felicidad de esas palabras, ¿quería Miriam que Gonzalo la besara, besar ella a Gonzalo, tan cerca de su rostro y tan distante? A Miriam le gustaría contarle a su madre esta impresión, hablarle de esa mano que descansa tan próxima a la suya, de ese dedo que siente la necesidad de irse acercando a la piel ajena, salvar esa pequeñísima distancia que al mismo tiempo daría la impresión de multiplicarse por cada uno de los granos de arena que separan la una de lo otro. Gonzalo no existe, no tiene rostro, no hay un lugar donde encontrarlo, ella jamás ha conocido a nadie de nombre Gonzalo. Al llegar a la casa, ¿dirá a su madre que estaba con Jorge? ¿Entrará en silencio, se encerrará en su cuarto, pedirá otra vez que no pregunten nada, que confíen en ella? ¿Y si Jorge estuviera esperándola, dormido en un sillón, la orquídea que suele llevar caída a sus pies? El dedo de Miriam casi toca la mano de Gonzalo cuando él abre los ojos, pestañea, Me quedé dormido, dice, y vuelve a cerrarlos, Estoy muy cansado. Miriam toca ya la mano de Gonzalo, y la limpia de arena, besa la palma y deja que los dedos descansen en su rostro, toquen sus párpados. Dime que esto es para toda la vida, pide Miriam, Asegúrame que nunca, estemos donde estemos, te vas a separar de mí, Que me vas a proteger siempre, Que no vas a permitir que me sienta sola. Gonzalo se vuelve hacia ella, su boca roza un pecho de Miriam, muerde levemente un pezón. ¿Es esto la fe?, se pregunta Miriam, ¿sostén y amparo y fuerza y equilibrio sin los cuales no puedo? El vacío que siento cuando Jorge me besa, ¿es ausencia o pérdida o destrucción de la fe?, querría saber. Mírame, pide Gonzalo, ¿Me amas?, pregunta. Necesito amarlo, piensa Miriam, Sí, responde, mucho.

La orquídea que suele llevar está tirada a sus pies, deshojada, los pétalos macerados o mordidos. Es muy tarde y las luces de las casas que rodean a Jorge se han apagado, el perro que ladró cuando vino a sentarse en el contén de la acera guarda silencio, tal vez duerme, en la casa de Miriam sólo se ve un resplandor que las cortinas de la ventana atenúan. Jorge conoce esa lámpara de noche y sabe que es señal de espera, él mismo la ha apagado alguna vez, y al verla hoy prefirió permanecer fuera, evitarse otra noche junto a la madre de Miriam, aguardando los dos, conversando de nada, rechazando la insistencia de su suegra para que coma algo, para que duerma un rato. Los faros de un auto barren la calle, y Jorge se levanta, da unos pasos, yéndose, el auto continúa y Jorge se detiene, camina otra vez hacia donde estuvo sentado tanto tiempo, no se oculta ya tras el seto de marpacíficos que bordea la verja. Allá dentro los padres de Miriam deben dormir, mientras hubo luces en la sala y el comedor ninguno de los dos vino a asomarse a la puerta, quizás su sombra fue vista desde una ventana pero mirar y callar son virtudes que Jorge agradece en la familia de su novia. Diez minutos más, se dice otra vez, soportar la impaciencia hasta verla llegar, saber que regresa sola, que me diga Por qué viniste a esperarme, que me sienta ridículo cuando me dé un beso y me pida que me vaya, que está tan cansada. Puede pasar la noche y amanecer. Puede llegar con el que se llama Alejandro, y venir empapada o herida y la palabra Ayúdame significará Compréndeme y no reveles delante de mami lo que me está ocurriendo. Pueden pasar dos días y no llegar. Dos semanas y no regresar. Pueden pasar dos meses y no volver a verla. Aún faltan las pruebas finales, recuerda Jorge, y estoy seguro de que cuando sea la hora de partir de algún modo intentará decírmelo. No se lo he pedido pero sé que me dejará saber que se va, que es el momento en que también yo me hubiera ido. Ella sabe que prefiero que me lo diga todo, que soy capaz de soportarlo todo. Diez minutos más, se dice, pasa la lengua por el diente partido y va caminando lentamente hasta la esquina, bajo la luz del poste mira la esfera de su reloj, contempla otra vez el débil resplandor que escapa por la ventana del cuarto de Miriam. Ha dado tres pasos para irse y los focos de otro auto lo detienen, por el sonido del motor y la altura de las luces debe de ser un jeep y Jorge se protege en la oscuridad. El vehículo se detiene a mitad de la cuadra, una goma rozará la porción de contén donde antes estuvo sentado Jorge, aplastará los restos de la orquídea que nadie ya podrá reconocer, los faros del jeep son apagados y dos siluetas se hacen visibles detrás del parabrisas, una se acerca a la otra y las dos se unen en beso que Jorge sin moverse ni decir palabra observa. Las siluetas se separan, la más pequeña desciende del jeep, los focos vuelven a encenderse e iluminan a Jorge, lo encandilan, parado en medio de la calle, una mano hace de visera, la otra agarra una piedra recogida en el parterre, el perro que dormía o descansaba está ladrando otra vez, las luces del jeep vuelven a apagarse, la puerta de la casa de Miriam se abre, una voz grita para que el animal se calle. Cuando vuelve a estar a oscuras Jorge camina hacia el jeep, tal vez Gonzalo demore en identificar silueta que para Miriam es tan familiar, la muchacha ruega Por favor, Gonzalo, espera, Jorge se detiene junto al jeep, una mano agarra el cuello de Gonzalo, la otra alza la piedra, Jorge no ve que Gonzalo está tocando la pistola que guarda bajo su asiento, la mano de Jorge presiona el cuello de Gonzalo, Miriam dice Yo te lo iba a contar todo, Él no tiene la culpa, una voz pregunta ¿Qué es lo que está pasando?, una mano de Jorge desciende con violencia y la piedra da en el pavimento, salta, rueda hasta el bordillo, la otra suelta el cuello de Gonzalo, el muchacho da media vuelta, oye a Miriam que llora, Gonzalo que dice No te pongas así, otra voz que pregunta ¿Pero qué es lo qué está pasando?

Quiero que vengas a vivir conmigo, dijo Rolando a Ileana cuando, al pisar tierra firme, y después de un lapso de espera y travesía en que permanecieron siempre juntos, se disponían a afrontar la primera separación. Apenas transcurrirían horas hasta el momento en que uno acuda en busca del otro, pero el tiempo tiene también sus veleidades, entre el primer beso y esta despedida, Rolando e Ileana se habían permitido sucesivas y cada vez más desenfadadas caricias cuando los rigores de la disciplina y la discreción a que estaban obligados lo permitían, y al abandonar el cayo ambos miraron con cierta nostalgia muelle y barracas y manglares que ampararon el nacimiento de lo que ya iba pareciendo fatal. Recostados de la baranda de popa, primero sólo juntos, luego entrelazadas mano con mano, Rolando e Ileana, aún en silencio, fueron viendo cómo el pedacito de tierra se convertía en raya sobre el horizonte, sombra que reverbera sobre las aguas, espejismo cuya única realidad es el collar de conchas que Ileana lleva al cuello y cada tanto palpa, y ya cuando únicamente estaban rodeados por el mar, Ileana dijo Tengo frío y Rolando, olvidado de las miradas de Gonzalo o de la naturaleza de barco y personas que los acompañaban, o incluso de la ropa que vestían y de las armas que descansaban tan cerca de ellos, abrazó a Ileana, le besó el cuello, la apretó contra sí. ¿No es este instante la eternidad?, respondería Rolando si alguien en el minuto en que la noche comenzaba y el mar era un solo brillo extendido y oscilante le hubiera preguntado cuánto tiempo había permanecido junto a Ileana. Y si el tiempo que ordena y mide nuestra existencia se convierte en ilusión para persona que atraviesa por trance o estado como el que Rolando e Ileana viven, no es extraño que a una distorsión siga la otra, que un delirio preceda a otro. Conociendo la decisión de su novia de no regresar a la casa y sabiendo que es escasísimo ya el periodo que les resta para partir o quedar excluidos, Rolando pensó que lo más justo era que ambos compartieran techo, cama y comida mientras les esté permitido, e imaginó que conversaría con su padre, encontrarían en su cuarto espacio para otra cama y algún aditamento que los proveyera de la privacidad que una pareja como ellos debe requerir, y vio ya a Ileana frente a la cocina, tendiendo en la cama las sábanas bordadas por su madre, sentada junto a él a la mesa donde come, estudia o conversa. No tengas prisa, dijo Ileana, ya en tierra firme, Gonzalo me buscará donde vivir, Tú y yo vamos a seguir juntos, Tenemos una vida por delante. ¿Acaso una ilusión se desvanece con otra, o una y otra se confunden y trastornan? Para Rolando será suficiente con abrir una puerta, mirar un espacio que apenas soporta la existencia de dos personas, la palangana donde se cumplen las abluciones matinales, el baño que es, como dice su padre, la mayor vergüenza que padecen, para darse cuenta de que Ileana no podrá vivir con él. Para

Ileana lo por vivir es posibilidad de ser una elegida, decisión de abandonar casa, padres y cama donde duerme desde que tiene uso de razón, y escaparate, cómoda y buró donde guarda o atesora todo cuanto posee, y también ser novia de Rolando, en lo sucesivo esperar por él y prepararse para él, conocerlo y darse a conocer, disfrutarlo y ser disfrutada. Ileana dirá Tenemos una vida por delante, y luego, para cumplirlo, en cuanto esté instalada en el apartamento de Alejandro, sus ahora poquísimas pertenencias acomodadas en el cuarto que antes Carlos y Lucila disfrutaron como propio, se apresurará a decirle a Rolando No importa que no podamos vivir en tu casa, Alejandro y Carlos tienen su beca, de lunes a sábado estaré sola, y podemos comer juntos, y juntos estudiar y dormir, y amanecer juntos en la misma cama y juntos bañarnos y desayunar y salir juntos para nuestros institutos, Esta misma tarde ya puedes venir. El Rolando que esa misma tarde sube lentamente, como es su costumbre, las escaleras que lo conducen hasta donde Ileana aguarda, lleva la inquietud de joven que se dispone a compartir por vez primera su cuerpo con una mujer a la que antes miraba y deseaba con la ansiedad que lo imposible impone, se ha bañado y perfumado y puesto camisa que lo hace parecer un poco mayor, ha dicho a su padre, ya cerrando la puerta, No vengo a comer, quizás esta noche llegue un poco tarde, No me esperes despierto, por favor. Rolando mira los pasillos, las puertas por donde pasa, busca el número que Ileana dijo y de momento cree estar en un edificio equivocado. Quisiera preguntar a la muchacha que cruza junto a él, casi sin verlo, pero teme que inquietud como la que siente pueda ser reveladora o indiscreta, y la misma muchacha lleva el rostro serio y un brillo como de lágrimas. Rolando no sabrá que esa que acaba de rozarlo, apartándolo de su camino, se llama Lucila. Lucila ignorará que la joven que estaba en el cuarto que ella compartió con Carlos, acabada de bañar y protegida sólo por una toalla que lejos de cubrirla la desnuda, espera por este muchacho casi invisible en su timidez que va subiendo las escaleras. Ileana, una vez que oiga los golpes en la puerta y abra y vea a Rolando, y se abrace a él, y se besen, olvidará contar a su novio este episodio menor y algo divertido, el susto ante la mujer que abrió la puerta del cuarto y la vio a ella casi desnuda y dijo No puede ser, tiró una llave sobre la cama, gritó Ahí tienes tu llave, Disfrútala, y se fue dando portazos. Ileana podía haberlo recordado después, tiempo habría en las horas que faltan para que la tarde termine y la noche se establezca y agote y los destellos del alba aparezcan, y en pareja que por primera vez comparte la soledad de una casa a veces hay tanto que contarse que es mejor callar o decir sólo lo superfluo. Pero una vez en el cuarto, Ileana advierte que Rolando está desprovisto de las imprescindibles pertenencias que traería alguien que se dispone a dormir y amanecer en casa ajena, y cuando, desnudos todavía y sentados a la mesa, frente a los sencillísimos platos que ella ha preparado con la ineptitud y la unción con que se aderezaría un banquete de bodas, Rolando pregunte Qué hora es, Ileana percibe en esa porción que llamamos alma como un estorbo, o como un aviso que se verificará más tarde, cuando, aún sin acabar la noche, él comience a vestirse, diga Papá nunca se duerme hasta que no regreso, y ella queda destinada a pasar sola su primera noche en un espacio ajeno. ¿Me ama, de verdad?, se pregunta, ¿Será este el hombre de mi vida?, y nunca estará mal que dude o desconfíe.

Los destellos iniciales del amanecer encuentran a Jorge solo, sentado bajo un árbol, el rocío ha humedecido sus ropas y se encoge porque siente frío, a lo lejos las luces de la ciudad que estuvo mirando mientras las horas de la madrugada transcurrían se han apagado, de aquel espacio comienzan a venir ruidos que minuto a minuto se funden en murmullo, en zumbido, en escándalo monótono e imperceptible, en torno a Jorge se han callado los grillos, los silbidos y quiquiqueos que lo acompañaron durante la noche, Que amanezca, quiso cuando la oscuridad se le hacía interminable y ahora que hay sol se queda sentado, a veces cierra los ojos y parece que duerme, suciedad y ojeras, desaliño y cansancio son nimiedades que nada importan a quien ha estado horas vuelto hacia sí, queriendo saber, él mismo no sabría si todo el tiempo ha estado en vela o si por momentos el sueño lo ha vencido, esté despierto o dormido son idénticas las imágenes que ve, las palabras que escucha, las preguntas que se hace, una y otra vez, ¿Cuál es el camino, y la verdad, y la vida, para alguien que se propuso ser otro, que ha creído hacerse a sí mismo a imagen y semejanza de lo que han sido sus sueños?, quiere saber Jorge, ¿Tuvo sentido mi renuncia?, se ha estado preguntando, ¿O el marginal que era yo, el delincuente en que me estaba convirtiendo sería más feliz que este que soy ahora? ¿Qué es la traición que creí haber dejado atrás, qué es la pureza a la que imaginé acercarme?, se dice y las respuestas no acuden, ¿Podemos ser la redención, el hombre nuevo?, y las dudas se prolongan en la oscuridad y el silencio, ¿Cómo sostener la fe si en los hombres sólo encuentro el abandono de la infidelidad o la renuncia que es la muerte? ¿O es la deslealtad tan fatal como la muerte?, y no se atrevería aún a contestar Sí, ¿Hay fe sin amor?, se repite, Me he perdido a mí mismo y no tengo ni el consuelo de la palabra Dios, de alguien que llegue, no importa quién, a decirme al oído Que no se turbe tu corazón, Sé capaz de la confianza. Y si me las dijeran, ¿escucharía yo? ¿Confiaría, creería? ¿Sosegarían mi alma? ¿Qué hacer?, vuelve a preguntarse, ¿Cuál es el camino?, y permanece en la colina, bajo un árbol, ¿Volver atrás, al que fui, al que negué? ¿Cuál es la verdad?, los ojos cerrados, ¿Mentir, mentir-

166

me?, creyendo que duerme, ¿Cuál es la vida?, que despierta, ¿Confiar, a pesar de todo?, que vuelve a ser la noche, ¿Ya no estoy en el mundo?

Había hecho el amor y no podía dormirme, recuerda Alejandro, estaba sentado en la cama, fumando, y miraba el cuerpo que descansaba a mi lado como si yo estuviera en la cama de otro, era un cuerpo al que la desnudez y el sueño hacían más bello de lo que me pareció cuando la vi en la calle, los dos mirábamos la cartelera de un cine, dije Si vas a entrar te invito, ella dejó que yo pagara su ticket, que al sentarnos pasara un brazo por sus hombros y al apagarse las luces la besara. Tenía muchas ganas de besar y de oler el cuerpo de una muchacha. Cuando los asientos se nos hicieron incómodos le dije Vivo solo, muy cerca de aquí, no oí siquiera si dijo Vamos, vi su sonrisa y su disposición, no le dije Te quiero, o Me gustas, creo que ni siquiera sabemos nuestros nombres, entramos al apartamento, le pregunté si quería agua, me disculpé para ir al baño, regresé al cuarto y estaba desnuda, tapada con las sábanas, hacíamos el amor y me pareció que lloraba, supo acariciar mi cabeza con un poco de ternura o de pasión, no sé, terminamos y me dijo Eres muy lindo, abrázame un ratico más, yo tenía muchas ganas de salir al balcón, me respondió que no fumaba, si Carlos estuviera sentiría de inmediato el olor del cigarro y vendría a tocarme la puerta, se puso bocabajo y se fue quedando dormida, Ileana puede estar en el cuarto de al lado, tal vez Rolando esté con ella, quizás ahora mismo estén haciendo el amor, pensaba, las ganas de tocar la piel de una muchacha permanecían en mí, tomé de la mesa de noche el perfume que Maritza olvidó pero no llegué a olerlo ni a untarlo en el cuello de esta muchacha cuyo nombre desconozco, Si sonara el teléfono, me decía, esperando, en la mesa de noche estaba también el inhalador, lo toqué, lo tomé, lo puse en mis labios, extrañaba el frescor del aire puro entrando en mi garganta, tenía mucha sed, No, me dije, Al menos eso no, El aire no me falta, Nunca he sido asmático, me dije, me repetí. ¿Y si soy yo el que llama? ¿Si le digo a Carlos La llamé, vino, le conté todo, estaremos juntos hasta que ella o yo partamos? Si Carlos estuviera en el cuarto de al lado le ofrecería un cigarro, conversaríamos, tal vez después no llamaría a nadie, tal vez mañana esta misma muchacha vuelva, y yo me acostumbre a verla dormida y nunca nos preguntemos nuestros nombres. Me vestí, recuerda Alejandro, bebí agua, me asomé al balcón, tomé el teléfono, esperé el timbre, me demoré oyendo su voz que preguntaba, casi dormida, ¿Quién es? ¿Eres tú? ¿Alejandro?, colgué para no decirle Ven, volví al balcón.

Gonzalo permanece de pie, como en posición de firmes bajo el sol del mediodía, nadie camina o se detiene cerca de él pero el espacio vastísimo de la Plaza en los días comunes siempre es atravesado por personas, autos, ómnibus que van o vienen sin darse cuenta de que una criatura está de pie, sudando, y su actitud no es la del que espera o va hacia parte alguna. Si se le mirara desde el cenit se descubriría que está en el centro del enorme rectángulo, frente a él se alza el obelisco, detrás Él mira a Gonzalo desde el retrato que cubre la fachada de un edificio, si esto fuera una iglesia y se encontrara a una criatura en posición como la de Gonzalo se diría que ha venido a resolver contrariedad u ofensa, la mirada que recorre el obelisco y luego se vuelve hacia Él no es la del que viene a pedir perdón, Padre mío, parecería decir Gonzalo, ¿Por qué?, Explícame cómo pueden estar los corderos dispuestos y de repente faltar el sacrificio, la necesidad del sacrificio, Cómo es posible que me pidan Obedece, Continúa guiándolos, Haz que sigan confiando en ti, querría exigirle a Él, pero ya se sabe que misión, palabras y pensamientos de Gonzalo son asunto secreto, ya es excesiva revelación que se deje ver en lugar público y que sólo de mirarlo se suponga que algún conflicto de gravedad extrema y de aparición inesperada lo atormenta, Él y Gonzalo se están observando, si pudieran decírselo sabrían que la mirada del uno es idéntica a la del otro, Él no sonríe con indulgencia ni sus ojos tienen la frialdad de quien castiga, nada se puede preguntar o pedir a quien nos mira desde el dolor o el descon-

169

cierto, nada se puede responder a quien se detiene frente a los caminos que son su vida e intuye que tomar cualquiera de ellos será un error inevitable, No sé, respondería Él a esa pregunta que está en los ojos de Gonzalo y que nos es desconocida, Y lo que yo hubiera hecho en tu lugar te va a servir de poco, Yo, como tú, recibí órdenes y también las di, y renunciar o persistir fueron acciones que estuvieron en mi vida como hoy están en la tuya, Tuve en mis manos el destino de otros que vi morir o me sobrevivieron, y sé muy bien cómo se padece ese vacío que es la soledad, No me confundas, Ya estoy en la muerte y aún nadie puede decir que haya actuado mal o que haya actuado bien, Si tú quieres hoy ser como yo es porque ayer yo era como tú, ni más ni menos, No busques en mí lo que sólo a ti pertenece, Ni el amor ni la fe serán suficientes para protegerte del error, Nada ni nadie, ni siquiera los días por venir, podrán salvarte del riesgo o de la incertidumbre. No se sabrá si Gonzalo comprendió lo que Él habría querido decirle o si bajó la cabeza y comenzó a caminar debido al sol y a alguna incipiente molestia en las sienes, siempre hay palabras que se pierden, frases que se escuchan o comprenden mal y Gonzalo es hombre silencioso, y en silencio va ahora entre las personas que emplean este día el espacio de la Plaza como calle o parada de ómnibus, uno más entre ellos quien abre la portezuela de su jeep, mira por última vez el retrato de Él, digamos que se despide.

170

Entre Lucila y yo todo se estaba torciendo y confundiendo y parecía tan fácil ponerlo en orden. Vista como yo la veía, era muy sencilla la realidad, bastaba con que ella confiara un poco en mí, o con decir las palabras necesarias y que me comprendiera. Puedo hacerlo, se puede hacer, siempre me digo. ¿Es prepotencia mía, es que soy ingenuo? Yo amaba a Lucila, estaba orgulloso de que mi novia fuera la hija de un héroe y no quería desvanecerla como Alejandro me había aconsejado. Desde los días en los cayos, Lucila sabía que estábamos mintiéndole, y cuando Ileana fue a vivir al apartamento tuve que contarle que Alejandro y yo habíamos peleado y no quería vivir más de la limosna de un cuarto. Simuló creerme, esperó a que regresáramos a la beca y encontró a Ileana en la que era nuestra cama. Otra mujer acabada de bañar, casi desnuda. Ya yo le había pedido a usted que si íbamos a pelear a su país, Lucila se uniera a nuestro grupo, explica Carlos, y ella estaba en la ignorancia, ajena a todo. ¿Qué más faltaba? El sábado en cuanto salimos de pase pedí dinero a Alejandro, reservé una habitación en un hotel y fui a buscarla a su casa. Yo ni imaginaba lo que había ocurrido el lunes en el apartamento, y ella no quería saber nada de mí. Se acabó, me dijo, No aguanto más, no doy un paso más contigo. ¿Ileana en mi cuarto, acabada de bañar, y yo reservando una habitación para mi novia? Nada parecía tener sentido y la razón de todo era tan simple. Ven, le dije, te puedo explicar. Yo no tenía nada que ocultarle, y eso se nota. Las mujeres saben, intuyen. Me miró todavía desconfiando y no se dejó tocar en todo el camino. Subió a la habitación como quien teme que se le vaya a decir una mentira que puede ser aceptable o no, ella decidirá. Empecé casi con las mismas palabras que usted dijo en la primera reunión. Que se trataba de algo muy confidencial. Que sólo de hablarlo con ella ya le estaba dando una muestra de confianza. Que en su discreción descansaban el prestigio y la seguridad de muchas personas. Y después le expliqué quién era Ileana, por qué Alejandro le había dado nuestro cuarto. Se lo contaba todo y algo por dentro me decía Detente, Cállate. Hablé de usted pero tuve el cuidado de no pronunciar la palabra Gonzalo. Fue mi única precaución. Lucila escuchaba y se iba poniendo seria, se alelaba. Quería quitarme un peso de encima y la mirada de Lucila no me lo permitía. ¿Tú te imaginas?, le decía, ¿irnos juntos a pelear a tu país? ¿Que un día venzamos, y tú y yo entremos juntos a una ciudad, a tu ciudad? ¿Que estemos sucios y cansados, y quién sabe si heridos y la gente nos bese y nos lance flores, y sepamos que nunca habremos sido ni seremos tan felices? ¿Te imaginas que esa foto donde estemos juntos, abrazados, aparezca en la prensa y recorra el mundo y alguna vez la mostremos a nuestros hijos y ellos sepan que un día de sus vidas sus padres fueron tan felices como nosotros lo fuimos? ¿No vale la pena? Están locos, me dijo cuando terminé. Esperaba que me abrazara, que se postrara a mis pies. ¿Y quién ha visto a un elegido cuerdo?, le respondí, todavía bromeando. Qué fácil parece cuando me lo cuentas. Tú no conoces nada de mi país, me dijo, En mi casa se habla de la guerra todos los días, a todas las horas, y nada es como imaginas. ¿Imaginaba yo? ¿Y la selección que habían hecho con nosotros, y los entrenamientos, y la partida que está ahí mismo ya, como quien dice? Nos fuimos del hotel sin hacer el amor. Nos dimos un beso y me dijo que la perdonara, que no podía. Tenía muchas ganas de abrazarla, de que durmiéramos juntos, de que el susto se le pasara al lado mío y al amanecer contarle un poco más. Que a mi lado fuera entrando a ese mundo que, no sabía por qué, se negaba a aceptar. Regresé al apartamento y Alejandro estaba en el balcón, fumando. Se extrañó de verme regresar tan temprano. Le conté. Te volviste loco, me dijo, Era lo único que no podías hacer. Me defendí. Lucila no es una enemiga, como Maritza, le dije. ¿Quién te lo asegura?, me respondió. ¿Qué nos está pasando a Alejandro y a mí que ofendernos y herirnos se nos hace inevitable? Me doy cuenta y sé que él también, pero las palabras llegan y ninguno de los dos las detiene. ¿Ninguno puede? ¿Será que nos odiamos, que nos cansamos el uno del otro? ¿Odio yo a Alejandro, que me ha dado techo y compañía? ¿Es placer lo que siento cuando lo veo ofendido, tartamudeando, buscando la manera de golpearme a mí? ¿Cómo pudo decir que Lucila es una enemiga, él que la conoce tan bien como yo, que conversa con ella tanto como yo? Habla con Gonzalo, me dijo Alejandro, Cuéntaselo todo y acepta las consecuencias. Es por Maritza, no soporta que yo le haya dicho la verdad, me decía, ya solo, acostado en el sofá, sin poderme dormir. Después la rabia se me fue pasando y comencé a temer, a darme cuenta. Siempre queda un bichito, como una corcomilla trabajando, taladrando. ¿Y si Alejandro tenía razón? ¿Y si las prevenciones de Lucila eran verdaderas? El timbre del teléfono sonó muy temprano y ya estaba despierto, como esperando. Lucila tenía que decirme algo muy importante. Me va a dar la razón, pensaba, quería pensar. Que se va con nosotros, que la perdone. No había nadie aún en las calles, y los bancos del parque donde nos encontramos estaban húmedos por el rocío. No importa, dijo, y se sentó sin esperar a que yo lo secara. Ven, me pidió, escúchame bien hasta el final sin ponerte bravo. ¿Que no me pusiera bravo? Se lo había contado todo al padre. Que la guerra se había convertido en una ilusión, en un imposible. Que la muerte de Él lo demostraba. Que en cualquier país que desembarcáramos nos iban a recibir como a invasores. Que el padre me aconsejaba que abandonara el grupo de inmediato, sin discutir, sin dar explicaciones. Que nada malo me podía suceder si renunciaba. Que el padre podía hacer que fuéramos a estudiar a otro país. ¿Era Lucila quien hablaba? ¿Era una persona conocida por mí, con la que había dormido tantas veces en mi vida, quien me invitaba a ser un desertor, a traicionar a mis hermanos, a desconfiar de los míos? ¿Un héroe, un inválido de la guerra, una leyenda viva quien me llamaba loco, iluso? ¿Era miedo lo de ellos? ¿Era desencanto, impotencia? Decirme No vayas, decírmelo a mí, que me preparaba para ir a pelear a su propio país, ¿era egoísmo, ingratitud, falta de pudor? ¿Así es el ser humano? Un héroe, una criatura que ha puesto su vida al servicio de sus semejantes, que ha matado y ha recibido en su propio cuerpo el odio del enemigo, ¿podía ser así? ¿Puede? ¿Se cambia también para mal, se descompone el hombre nuevo? ¿No nos abandona el mal y está siempre ahí, acechando, dormido dentro de nosotros, como un tumor, vivo? ¿Así somos, así seguiremos siendo?, dice Carlos y le extiende a Gonzalo varias hojas de papel. Las manos de Gonzalo permanecen sobre el timón del jeep, los papeles quedan por un momento esperando. Aquí está contado todo, dice Carlos, Me hago responsable de mis actos. Son muy graves, dice Gonzalo, y queda pensativo, inmóvil, ¿Estás seguro de que quieres entregarme esta confesión?, pregunta al fin, y a Carlos le cuesta comprender, parecería que Gonzalo quisiera decirle algo más, tal vez Ve a la Plaza y háblale, Cuéntaselo a Él y escucha lo que tenga que decirte antes de que yo toque esos papeles. ¿Y qué quiere que haga?, pregunta Carlos, para quien los pensamientos del jefe son inescrutables. Ya el mal está hecho. Sólo preguntaba, contesta Gonzalo, arrepintiéndose de sus desvaríos, aceptando lo inevitable. ¿La sinceridad no es lo más importante?, vuelve a decir Carlos y Gonzalo toma los papeles, los guarda, enciende el motor del jeep, Espera mis órdenes, dice, ya veremos. Hagan lo que sea necesario, responde Carlos, descendiendo ya, yéndose.

Tal vez sea demasiado corta la distancia que separa el balcón de la dura calle que lo recibiría, y que Carlos mira fijamente, imaginándose, viendo su propia sangre ya, como si estuviera. Es ridículo, piensa. Sabe que en el apartamento hay alguna cuerda, tubos de los que podría pender cómodamente, tal vez algunas pastillas entre las pertenencias de Ileana, fósforos y alcohol, quién sabe si algún poco de ácido traído por Maritza, cuchillas que podrían cortar sus venas. Sería tan fácil, se dice. Segundos de dolor, y después nada. Conocer la nada. Nada, ni siquiera conocer. ¿Y que yo les dé esa despedida?, se pregunta. ¿Que Alejandro me encuentre, o me encuentre Ileana, y se vayan así? ¿Es justo? ¿Es lo que les debo? ¿Y digan Carlos fue un cobarde? ¿Y no estar yo para decirles Se equivocan, Sólo he querido probarles mi arrepentimiento, decirles que no he perdido la vergüenza? Ser un cobarde, como lo fue mi padre, que delató a un amigo y después no tuvo

176

valor más que para colgarse de una rama que casi tocaba la tierra, las rodillas dobladas por voluntad propia, abandonándose. Y no dejar nada, que nadie sepa nada. Un cuerpo encontrado. ¿Perdido en el mar? ¿Arrollado en una carretera? ¿Sin que puedan decir Ése fue Carlos? Que le digan a mi madre Desapareció, no sabemos. Que por piedad le digan otra vez Lo mataron, Fue un accidente, Murió como un héroe. Que pasado el tiempo mi hermano sepa la verdad, como supe yo la de mi padre, y no comprender siquiera si fue cobardía o no. Amarrarme una soga al cuello, doblar mis propias rodillas, saber que en esa flexión que podría interrumpir tan fácilmente todo se va, ¿puedo? ¿Cómo pudo él?

Se fue, dice Ileana y muestra a Alejandro una llave, la caja de cartón donde están los pedazos de las que fueron libretas de Carlos, una columna de libros de textos, el espacio vacío en el closet donde estaban la ropa de Carlos y la maleta de madera que sólo usa cuando va o viene de su casa en el campo. Alejandro mira sobre todo la caja, toca las libretas que ahora son basura, Lo mato, dice, y sale corriendo del apartamento. La terminal de ómnibus está cerca y Alejandro corre o camina con la esperanza de encontrar a Carlos en el salón de espera o los andenes, no es posible que en tan poco tiempo haya logrado partir si el pueblo a donde va está muy lejos y casi ni es tocado por los ómnibus que recorren el país. ¿Qué más habrá hecho?, se pregunta Alejandro y con lo que sabe imagina la confesión y que, expulsado del grupo y agobiado por la vergüenza, al irse se castiga a sí mismo. Alejandro corre, la terminal de ómnibus ya a la vista, el esfuerzo lo tiene sin aire, tose, imagina con qué expresión Carlos va a recibirlo, supone que de sólo verlo su amigo se arrepentirá de haber roto libretas y tal vez de haber gastado dinero en un pasaje que de seguro no va a usar, todo no era más que una manera de decir Me equivoqué y estoy dispuesto a pagarlo hasta las últimas consecuencias. No es posible que cometa una tontería como ésa, piensa Alejandro, Si no es un elegido nada le impedirá ser médico, como quiso siempre, ahora que me voy podrá quedarse en mi casa como si fuera la suya, casarse con Lucila si ella se empeña. Un ómnibus va saliendo de la terminal y Alejandro se para en puntas para identificar uno por uno los rostros que se asoman por las ventanillas y las cabezas que apenas pueden verse desde fuera, Ahí no va, se dice, más para conjurar la mala suerte que por la seguridad de lo que ha visto, y ya dentro del edificio camina despacio, va buscando en correos y cafeterías y demás establecimientos que atraviesa antes de llegar al salón de espera, hay una atmósfera de sudor y sueño y cansancio a pesar de que son pocas las personas que se impacientan°o duermen en los bancos del salón, bastaría una sola mirada para saber que Carlos no está allí pero Alejandro camina de un extremo al otro, sale a las terrazas, busca en el baño, pregunta a un empleado que nada sabe, desciende a los andenes, se acerca a los ómnibus que están a punto de partir, entra en ellos, mira, no importa el destino que anuncien, va a las ventanillas donde venden los pasajes, no puede creerlo y repite paso a paso todo cuanto ha hecho, salones, terrazas, baños, andenes. Vacío sobre vacío. Alejandro se sienta en un banco, tose, se toca el bolsillo buscando el inhalador que ya no usa, encuentra un cigarro y recuerda que no tiene cómo encenderlo.

En cada uno de sus institutos, a la misma hora, los estudiantes van entrando a las aulas en silencio, vienen repitiéndose en voz baja fórmulas y frases que temen perder en un parpadeo de la memoria, leyendo por última vez las hojas donde han resumido características y funciones de animales o ingenios mecánicos o acontecimientos de la historia, revisando en el último minuto la punta del lápiz, el borde de la regla, la pulcritud de la goma de borrar, un examen es siempre asunto delicado y más cuando lleva, como éste, el calificativo de final, lo final es término y principio, propósito al que se llega o al que se va, que todo ello suele estar confundido y aún más si quien entra en el aula es un joven a quien han dicho Después de la prueba tu vida será diferente, cumplirás un destino que no imaginaste en persona común como creías ser tú, Siéntense

179

dejando una silla por medio, ordena la profesora de Ileana y ella se acomoda con ambas manos el pelo, pasa los dedos por la paleta de un pupitre, comprueba que esté lisa, se sienta, tal vez se pudiera decir que ha suspirado. Rolando tiene las manos sudadas y las seca una contra otra, recibe el examen de manos de un profesor y lo coloca bocabajo, cierra los ojos y trata de acompasar su respiración con movimientos del diafragma, como Ileana le aconsejó anoche, acostados aún en la cama que alguna vez fue de Carlos y Lucila, la mano de ella en el estómago de él, la mano de él sobre la mano de ella. Alejandro escribe su nombre en el encabezamiento de la prueba, lee la primera pregunta, sonríe. Miriam tiene una caligrafía minuciosa y se aplica sobre el papel como si estuviera dibujando. Jorge, sentado detrás de ella, la observa sin tocar aún su propio examen hasta que la profesora pasa junto a él, Se va el tiempo, dice, Concéntrate, ¿Y acaso la misión del tiempo no es irse siempre y a pesar de nosotros?, pudiera preguntarse Jorge, tal vez por eso hay en el gesto de su boca un intento de ironía y comienza a escribir al desgano, como quien todo lo sabe y sólo cumple un trámite menor. Ileana ya multiplica y divide, borra, acude a los dedos para una verificación, duda, escribe con prisa, subraya un resultado. Rolando mueve un brazo, la goma de borrar cae al piso, salta y se aleja, Rolando la mira como a un sombrero caído en la corriente de un río, la goma está quieta y es como si la distancia no

180

dejara de crecer, como si la goma no dejara de perderse. Alejandro termina las matemáticas y pasa a la segunda página, lee, mueve la cabeza, golpea la superficie del papel con el casquillo del lápiz, mira alrededor, escribe Cada gota de sangre derramada en un territorio bajo cuya bandera no se ha nacido es experiencia que recoge quien sobrevive para aplicarla luego en la lucha por la liberación de su lugar de origen. Miriam traza un círculo, una tangente, inscribe un triángulo escaleno. Jorge la mira y escribe, pasa la lengua por el diente partido, lee una pregunta y la mira, borra una palabra y la mira. Ileana descansa unos minutos, cierra los ojos, cerca de ella sólo se oye el roce de los lápices, una tos breve, un suspiro, de afuera viene el tema de una emisora radial, la melodía de una flauta, La novela de las diez y media, Mami estará oyéndola en la cocina, se dice, lee la pregunta que la espera, sonríe, escribe Será una lucha larga, cruenta, su frente estará en los refugios guerrilleros, en las ciudades, en las casas de los combatientes, en la población campesina, en las aldeas destruidas por el bombardeo enemigo. El profesor de Rolando recoge la goma que ha caído, verifica que esté limpia por todas sus caras, la devuelve al muchacho y mira lo que lleva escrito, ¿Te falta mucho?, pregunta, ¿Me falta mucho?, duda Rolando, ¿Para qué me falta poco o mucho? Alejandro afila la punta del lápiz, olfatea en el aire el humo del cigarro que el profesor enciende, siente un cosquilleo en la nariz, ¿Es fuerte, será suave?, Carlos ya se hubiera dado cuenta, piensa, Estaría encerrado en el baño, fumando, o vendría a la puerta del aula a hacerme señas para que me diera prisa, porque nos queda un solo cigarro y no lo prendería sin mí. Miriam revisa el examen, borra una palabra con la punta de la goma, casi sin tocar el papel, sopla las boronillas y pasa la yema del pulgar por la superficie blanca, restaurándola, sigue escribiendo Un pueblo sin odio no puede triunfar sobre un enemigo brutal. Detrás Jorge rompe las hojas que utilizó como borrador, se pone de pie, pasa junto a Miriam, ella levanta la mirada y dice ¿Ya acabaste? Ileana abre los ojos, toma aire, mira por las ventanas. Rolando observa su examen por última vez, lo deja sobre la paleta de la silla, se pudiera pensar que la duda que lo hace permanecer sentado, esperando, tiene que ver con datos o cálculos de los que su memoria desconfía, ponerse de pie, dejar la prueba en manos del profesor es para él acto irrevocable e irremediable a un tiempo, Qué minuto es éste en que la moneda que estuvo en el aire se dispone a caer y son mis dedos los que tienen que definir si cara o cruz, se dice, Sentir en lo más hondo cualquier injusticia cometida contra cualquiera en cualquier parte del mundo, lee Rolando, ¿Soy libre?, se pregunta, Cruz o cruz, se dice, dobla el examen, se pone de pie. Alejandro sale del aula y nadie lo espera en el pasillo, tiene ganas de conversar o fumar o decir qué le pareció la prueba y los demás se han ido o permanecen aún

182

en el aula, en la puerta del instituto hay un grupo que canta y que ríe, Alejandro los mira, pasa junto a ellos, ¿Se sentirán como yo, libres?, sale a la calle donde no hay nadie, respira con fuerza, tiene los pulmones limpios como pocas veces en su vida, ¿Y ahora?, se pregunta. Silencio, pide la profesora y toma el examen que Jorge le entrega, ¿Estás seguro?, dice ella, No, responde el muchacho, Lo que has de hacer, hazlo ya, dice. Se acabó el tiempo, advierte la profesora, e Ileana se da cuenta en el último minuto de que ha cometido un error imperdonable, borra y escribe de prisa mientras la profesora espera junto a su silla, Ya, dice Ileana y la profesora toma su examen, Ya, repite cuando se pone de pie, Soy libre, quisiera decir pero no tiene a quién. Hasta luego, dice Miriam y da un beso al profesor, ¿Hasta luego o hasta siempre?, se dice. ¿Adónde voy?, se pregunta Alejandro, de pie aún en la puerta del instituto, ¿Cómo atravesar solo este brevísimo túnel, apresurar las horas hasta que pueda poner el pie en la cubierta de un barco, en la escalerilla de un avión, y mi vida al fin alcance su sentido, algún sentido? Rolando sale del aula, en el patio un muchacho tira pelotas al aro de baloncesto, ¿Acaso no soy el dueño de mi libertad?, eso que buscamos y por lo que damos la vida, ¿no lo puedo encontrar en mí?, se pregunta Rolando.

Gonzalo encabeza la columna de combatientes que va caminando por la orilla de la carretera, es de noche y apenas hay un metro de distancia entre cada uno de los que marchan en silencio, todos van como si no pensaran más que en poner un pie delante del otro, la cabeza ligeramente baja, las manos descansando en la culata y el cañón del fusil, a las espaldas las mochilas que parecen haber perdido peso, a la cintura la cantimplora que ya si se bambolea apenas suena, si se cerraran los ojos ante el paso de la columna sentiríamos tal vez sólo un siseo de tela contra tela, de bota contra bota, la aspereza de alguna respiración, si un auto dejara ver las luces bastará con que Gonzalo inicie el movimiento y todos pondrán de inmediato una rodilla en tierra, bajarán aún más la cabeza para esconder el brillo de las pupilas, taparán la boca del fusil con la yema del pulgar, quedarán tan quietos que para cualquier chofer que pase junto a ellos serán piedras, yerbajos, animales dormidos junto a la carretera, por la energía o longitud del paso no se podrá decir si acaban de salir de un sitio cercano o son varias horas las que llevan de camino, si se observaran las botas a la luz del sol se vería finísimo polvo blanco, guisasos, costras de fango rojizo, granos de arena gris, partículas de bostas o boñigas o estiércol o mierda, que de todo han pisado ya desde que partieron cuando la última luz del sol abandonó el horizonte, ninguno sale de la fila, nadie suspira o pide un minuto de descanso o levanta la can-

184

timplora, Gonzalo avanza, mira la carretera, las montañas, las estrellas, pasan una curva, una colina y la columna se desvía por un trillo, atraviesa un pastizal, cruza cercas, alcanzan una ceiba que antes era sombra extendida contra el cielo y Gonzalo ordena un alto, se bebe agua, se sientan, se permanece en silencio, se espera, ninguno pregunta ¿Adónde vamos?, se continúa la marcha, nadie lleva reloj y Gonzalo mira los fulgores del cielo, los ascensos y descensos y giros de las estrellas, siente sobre sus sudores el fresco de las brisas con que la madrugada se anuncia, se bordea un cañaveral, se sube y se baja otra colina, se atraviesa un río, las botas y las perneras se mojan, se camina por terreno cenagoso, se alcanza tierra seca, se asciende otra colina, se oye rumor de olas, se ve el resplandor de la espuma en las rocas de la costa, se toman otros diez minutos de descanso, pasa una nube densa, se ve a lo lejos un bohío, se oye el canto de un gallo, se vuelve a andar por la orilla de una carretera, quizás sea otra, quizás la misma, eso es asunto de Gonzalo, los demás sólo caminan, respiran, sudan, miran la nuca del que va delante, se abandona otra vez la carretera, se camina entre naranjos, se ve un relámpago en el horizonte, botas y perneras se van secando, el fango se cuartea y va cayendo de las suelas, se ve a lo lejos una arboleda, nadie se pregunta ¿Llegaremos?, se distingue entre los árboles la aguja de un obelisco, fogatas, camiones, personas de las que ya la columna no se oculta, Llegamos, dice Gonzalo,

185

Resistieron, piensa, Parecen combatientes pero no conocen la muerte, ni siquiera la sangre, De todas formas será hermosa esta ilusión, el recuerdo de estas horas en que han tenido sobre sí el peso aún levísimo de lo heroico, hay agua fría que se bebe lentamente, hay café, olor a eucaliptos, cajas donde guardar los fusiles, Gonzalo saluda a los que esperaban, toma un jarro, permanece de pie, se aparta de todos, sopla el café hirviente y lo prueba, mira al grupo que se mantiene unido, descansando unos contra otros, tomando de los mismos jarros que pasan de mano en mano, Miriam es la única que se aísla, tal vez lo esté mirando a él pero la oscuridad no permite precisarlo, Gonzalo camina hacia el obelisco, Todos acá, dice y espera a que formen frente a él, Ésta ha sido la última prueba, dice, Partiremos dentro de dos días, Iré como jefe, No les está permitido despedirse de nadie, A sus familiares pueden decirles que van a trabajar a otras provincias, Bastará con que expliquen que es por un mes, lo demás será asunto nuestro, Si alguno quiere dejar cartas de despedida, soy el único autorizado a recibirlas, Las cartas sólo se harán llegar a sus destinatarios en caso de muerte, Todo lo que han hecho hasta aquí es voluntario, El que no se sienta capaz de continuar debe decirlo ahora, Gonzalo hace silencio, espera, detrás del grupo las llamas de la fogata se van extinguiendo y los rostros permanecen borrados por las sombras, Estoy orgulloso de ustedes, dice, Ahora descansen, los combatientes se abrazan unos a otros, hablan o ríen olvidados de las horas de camino, Gonzalo se aparta, abre la puerta de un camión, siente en su espaldas unas manos, contra la camisa sudada se recuesta una mejilla, ¿Y no me puedes dar un beso?, dice Miriam.

Fui a buscarla porque a un elegido que se dispone a partir le asisten todos los derechos, querría decirle Alejandro a Carlos, No sé si existen la palabra mañana, la palabra después, sólo deseaba verla, tocarla, decirle Perdóname, Te amo, Quiero hacer el amor contigo. Sé que había algo de impiedad en lo que yo pretendía, nunca le hubiera dicho Quédate, Toma mi protección, sólo quería que ella viniera, que camináramos, que me besara, que no preguntara nada. Amo el silencio de Maritza tanto como sus labios, y también confiaba en su inteligencia, quisiera decirle Alejandro a Carlos. Era la hora del almuerzo y la casa de Maritza estaba callada, en el jardín había papeles, unos pedazos de madera, en la verja un candado, grité su nombre desde la calle, cansado de esperar salté la cerca, el timbre estaba mudo y golpeé la puerta, ya lo imaginaba pero necesitaba ver, rompí la tablilla de una ventana y dentro sólo había basura y desorden, espacios abandonados, cristales rotos.

Desde el lugar donde vigila, Ileana ve la puerta

de su casa cerrada e imagina que tendría que tocar, esperar, resistir la tentación de arrepentirse. La madre vendría a abrir, diría Mi hija, se abrazaría a ella llorando, le quitaría de las manos el maletín, le palparía los brazos, las mejillas, le diría Estás tan flaquita, Dónde has estado viviendo, Cómo pudiste hacernos esto. El padre estaría en el sillón, adormecido, aguardando la hora del almuerzo, levantaría la cabeza al oír los toques en la puerta, se quedaría sentado cuando ella pusiera un pie dentro de la casa, simularía que oía las voces en la radio. Sabría que era ella quien debía ir hasta el sillón, arrodillarse junto al padre, besarlo, preguntarle ¿No me vas a dar un beso?, esperar a que él la abrazara, tal vez le devolviera el beso. Decir Tengo ganas de darme una ducha, entrar a su cuarto, desordenar lo que de seguro su madre todos los días limpia y acomoda como si con ello pudiera provocar el regreso, mirarse en el espejo de su cómoda, tirarse en la cama, tocar las sábanas, oler la almohada, decir Tengo hambre y saber que su madre ya estaría en la cocina friendo otro bistec, cantar, hablar, evitar que de las miradas se pasara a las preguntas, hacer que ellos pensaran que habría tiempo después para saber de esos días perdidos en la vida de su hija, que creyeran que ella también tomaba distancia antes de pedir perdón. Los tres se sentarían juntos a la mesa, la madre la vería comer, le serviría más, querría saber si había tomado leche en estos días, si había tenido que bañarse con agua helada, si había olvidado tomar las vitaminas. El padre comería en silencio, concentrado en los movimientos del tenedor, respondería con monosílabos o gruñidos cuando Ileana le pidiera la sal o le preguntara si quería más arroz. En la mesa esperarían a que la madre trajera el café, el padre encendería un tabaco, levantaría la mirada, se echaría hacia atrás en la silla. Ileana sabría que ya era el momento de decir Mañana me voy, que la madre la miraría sin querer comprender, que el padre se levantaría de la mesa, regresaría al sillón, se escondería detrás del periódico. Ella tendría que hablar en voz alta para que la oyeran desde la sala, explicaría Vamos a trabajar en el campo durante un mes, sabría que sólo quedaría oír llanto y silencio, portazos y recriminaciones. El estampido de un trueno anticipa el comienzo de la lluvia y bajo el portal que le sirve de refugio Ileana se oculta cuando ve una sombra que supone es la de su padre bajar las puertas de metal de la fachada por donde bate la lluvia. No ha visto a su madre, y la casa permanece cerrada. No va a salir mientras esté lloviendo, piensa Ileana, Me voy sin verla, se dice, Me voy sin que me vean. La lluvia arrecia e Ileana sale de su escondite, intenta proteger el maletín con su cuerpo, cruza la calle hacia la acera de su casa, sobre su cabeza caen las gotas que se desprenden del alero, adentro todo duerme o descansa o espera e Ileana camina lentamente junto a la puerta, deja que una mano vaya pasando por las maderas cuarteadas por el sol, que toque la aldaba de bronce, que las uñas se manchen con la cal de la pared y dejen una huella mínima, diríamos que invisible.

Todavía Rolando viste la camisa blanca y la corbata con que subió al estrado del teatro de su instituto a recoger el título de bachiller, en sus puños están los yugos de oro que el padre le regaló por la mañana, Es la única herencia que recibí de tu abuelo y la única que puedo legarte, dijo cuando abría la cajita amarillenta ya, desencolada, Cuídalos. Rolando ahora está en la puerta del cuarto, mirando la llovizna que cae sobre el patio común, sobre la plancha de zinc que cubre el baño colectivo, los zapatos de salir que limpió anoche manchados por goticas de agua y salpicaduras de polvo. Qué lástima que Ileana no pudo venir, dice el padre y sirve en una fuente el arroz con pollo, pica un limón, da vuelta a los plátanos maduros que se están friendo. Pon el agua, pide el padre y Rolando abandona la puerta, toma la jarra, la llena en la tinaja. Qué falta hubiera hecho una botella de vino, se queja el padre y pone en la mesa los plátanos fritos, los cubiertos y los platos, toca un aguacate que está sobre la mesa, los dedos se hunden en la masa blanda, sonríe, Ya se puede comer, alcánzame la sal, y va picando la corteza de la fruta, poniendo las tajadas sobre el mantel. Papi, dice Rolando y regresa al vano de la puerta, Tenemos un trabajo voluntario, en Oriente, nos va-

190

mos mañana, al amanecer. El padre lo mira, ¿Maña-na?, pregunta. Es sólo por un mes, dice Rolando.

Jorge desciende de un jeep frente al que fue durante tres años su instituto y la lluvia lo hace correr hasta el edificio que parece abandonado, aunque aquí y allá se oigan voces y el tecleo de una máquina de escribir. Jorge busca una oficina, salu-da a las personas que trabajan allí, dice que está bien, que esta misma noche partirá hacia el campo con los que ya son sus muchachos, menciona el nombre de un pueblo remoto, cifras de comba-tientes y de caballerías de tierra por cultivar, alguien lo felicita, Jorge da las gracias, la secretaria le extien-de un papel para que firme, le entrega documentos, Jorge se despide, estrecha manos, lo abrazan, besa a las mujeres presentes, todos le desean suerte, lo miran con orgullo, Ya es un hombre, comentan por lo bajo cuando sale. A pesar de sí mismo a Jorge le es inevitable detenerse un momento en los pasillos que rodean el patio central, y mira las aulas, la pla-taforma, el asta de la bandera, el busto del Héroe de la Patria, el retrato de Él que se decolora en un mural, el Cuadro de Honor donde están enmarca-das entre otras su foto y la de Miriam. Jorge se apro-xima al rostro de la que fue su novia, y observa a la muchacha que sonríe, la cabeza un tanto ladeada, los labios entreabiertos, los ojos achinados por la luz de las lámparas. Jorge desprende con cuidado la foto de Miriam y la dobla para que quepa en el bolsillo de su camisa. Vamos, ordena al chofer que lo esperaba en el jeep, el vehículo se pone en marcha, se va alejando del instituto sin que Jorge le dedique una última mirada al edificio y al parque donde estuvo durante los tres últimos años, podría pensarse que el jeep avanza y rompe ligaduras, las imágenes de hace un minuto comienzan a confundirse también en esa sustancia maleable y confusa de que están formados los recuerdos. ¿Te gusta?, pregunta Jorge al chofer y le muestra la foto de Miriam. Es muy bonita, responde el chofer y Jorge pasa la lengua por el diente partido, vuelve a doblar la cartulina, golpea con ella la portezuela del jeep, con un pequeño movimiento de la mano hace que la foto gire en el aire, caiga en la calle donde se hará basura, polvo, nada.

El teléfono suena cuando Alejandro da vueltas en la cama intentando dormirse. Ileana ha salido desde temprano y ya Alejandro se bañó y comió de lo poco que va quedando en el refrigerador y la despensa, preparó lo que debe ser su equipaje, puso el inhalador en el bolsillo de la camisa que llevará, se acodó en el balcón, se dejó caer en el sofá, fregó y ordenó cuanto estaba sucio en la cocina, revisó cerraduras de puertas y ventanas, se acostó, volvió a sentir hambre, rescató unos pedazos de pan que tostó para aliviarles la dureza, se bebió el último café, el vaso de leche que había guardado para el desayuno, buscó libros de geografía e imaginó rutas en el mar, calculó distancias, horas de navegación, vio costas cenagosas y rodeadas de montañas, macizos de selvas, desembocaduras de ríos, puertos, ciudades desde donde podrán ser perseguidos o ayudados, nadie sabe, dejó el inhalador en la mesa de noche, guardó los libros y volvió a acostarse, cerró las ventanas cuando comenzó a llover y las abrió cuando el calor lo obligó a desnudarse, dio vueltas en la cama, se cubrió los ojos con la almohada, oye el timbre del teléfono. Son timbres cortos y Alejandro se acerca lentamente al aparato, con la ilusión de que las campanillas se interrumpan antes de que él levante el auricular. Oigo, responde, y una voz impersonal dice su nombre, le pide que espere un momento, conversa con otra persona, ordena Hable. ¿Así era la voz de mi madre?, se pregunta Alejandro cuando oye que le dicen Mi hijo, ¿Será la deformación de la distancia o la vejez o mi mala memoria?, se pregunta y se queda sin decir palabra, escuchando la voz que dice Alejandro, si estás ahí respóndeme. La voz de la madre desaparece detrás de ruidos, otras voces, la intermitencia del tono de discar y Alejandro deja el teléfono descolgado, va hasta el cuarto donde no duerme nadie, abre la puerta, camina hacia la cómoda, un dedo traza una raya en el polvo que cubre el cristal, abre una gaveta, toca las cartas que ha estado recibiendo, ¿Despedirme?, se pregunta y cierra la gaveta, se acuesta en la cama que fue de su madre, tal vez más tarde se quede dormido.

No puedo preguntarte nada, dice Miriam y deja que sus dedos acaricien el pecho desnudo de Gonzalo. Él le toma la mano y la lleva a la boca de la muchacha, pidiéndole silencio, ¿Tienes padre? ¿Tienes madre? ¿Tienes hijos? ¿Habrá una esposa que espera en una cama vacía? Gonzalo intenta besarla y ella se separa, Sé que no me vas a responder pero déjame al menos decir estas preguntas. Gonzalo queda acostado bocarriba, las manos detrás de la cabeza, esperando, ¿Dónde vives? ¿Dónde naciste? ¿Cuál es tu verdadero nombre?, pregunta Miriam y besa un hombro de Gonzalo, ¿Qué te ha puesto en mi vida? ¿Por qué tienes en tus manos todo lo que debo llamar mi destino?, dice Miriam y besa el cuello de Gonzalo, ¿Por qué no puedes decirme siquiera el nombre de un país, de una ciudad, de un barco?, dice Miriam y besa el abdomen de Gonzalo, ¿De qué sustancia está hecho tu silencio? ¿De miedo? ¿De locura? ¿De fe?, pregunta Miriam y pasa la lengua por el sexo de Gonzalo, ¿Qué puedo decirte de mí que no conozcas ya?, y se echa sobre él, mordiéndolo, ¿Quién soy yo que no sé nada, que voy entre brumas, como ciega, y sólo tengo el sabor de tu piel para seguir, el olor de tu cuerpo para orientarme, el sonido de tu voz para identificar mi fe?

194

Llueve en la madrugada y bajo la lluvia los combatientes van abordando el barco, de uno en uno van cruzando la pasarela que enlaza muelle con cubierta, han sido llevados en camiones hasta un embarcadero lejano y despoblado donde todo sucede a oscuras, ni luna ni estrellas resplandecen hoy en el cielo, si acaso los fucilazos de un rayo distante que deja ver cúmulos negros, cirros que corren impulsados por el viento huracanado, a oscuras y de uno en uno Gonzalo va entregando ropa de campaña, botas, fusil, cargador, canana, cantimplora, mochila que guarda todo cuanto necesitan o merecen combatientes que desembarcarán en lugar desconocido y como criaturas llegadas de ninguna parte, en tierra van quedando documentos personales, Gonzalo va colgándoles al cuello una chapilla numerada, fechas de nacimientos, nombres propios y apellidos de padres y abuelos se ocultan o borran bajo ese número que tendrán que memorizar de inmediato, según orden de Gonzalo, uno a uno van bajando al único espacio destinado para camarote, se despojan de la ropa que traían y que será devuelta a tierra firme y quién sabe si quemada o guardada para el regreso o preparada para qué otros azares innombrables, en el camarote visten uniformes, ajustan botas y cintos, prueban los mecanismos del fusil, el barco es un pesquero pequeño y todos se reúnen en la bodega para esperar a que pasen el tiempo y las millas mientras se repiten como en un rezo las cifras que penden de su cuello, se les ha ordenado silencio, saben que no verán de nuevo el cielo hasta llegar a ese destino aún ignoto, chirrían hierros en cubierta, el rumor de motores y hélices apaga el murmullo de la lluvia, hay balanceos, Ya nos vamos, dice Miriam, Todavía no me lo puedo creer, y en silencio los muchachos se abrazan y besan, Suerte, se van diciendo, Suerte, como si unos a otros se estuvieran despidiendo, Suerte, y se palmean cachetes, se revuelven el pelo, si de repente se encendieran las luces se verían lágrimas, temblores, rostros contraídos por la felicidad o el orgullo, acaso también por el temor o el vértigo ante lo por venir, Deberíamos cantar el himno, dice Gisela, Sssh, advierte Miriam, En voz baja, propone Alejandro, y se ponen de pie, se toman de las manos, Adelante, hijos de la Patria, No temáis una muerte gloriosa, van cerrando los ojos o mirándose, Que la patria os contemple orgullosa, notas y sílabas pasan de uno a otro, Arriba los pobres del mundo, las manos se levantan, los cuerpos se balancean, Del clarín escuchad el sonido, el ruido de los motores crece, El hombre del hombre es hermano, el movimiento del barco se hace evidente, Salimos a mar abierto, dice Raúl, y en silencio ya se van sentando, las mochilas sirven de cojines o almohadas, algunos se recuestan en las planchas de metal que resisten por el envés el golpeteo incesante de las olas, otros se acomodan en el piso que huele a pescado fresco, en este minuto tratarán de dormir, y alguno, digamos que Alejandro o tal vez Raúl, va a lograr que el sueño lo separe por un lapso brevísimo de expedición y otros desconciertos de un futuro ya tan cercano, siempre es difícil hacer que en circunstancias como éstas las horas no sean lija o esmeril que araña y desgasta y recuerda que se están aproximando fatalmente a lugar o instante donde va a cumplirse esa sucesión de finales y principios de que están constituidas las criaturas vivientes, de todas formas, dormidos o tratando de dominar la impaciencia, tirados sobre hierros y equipajes o de pie y caminando por la bodega, será inevitable también que las horas pasen, habrá marejadas y desmayos, Gonzalo bajará con alimentos que algunos, digamos Miriam, digamos Gisela, no podrán probar, el sueño terminará por vencer a los que en un principio se le rebelaron, de afuera vendrá el estallido de relámpagos, padecerán calambres y corizas, terminarán por olvidar el murmullo de la lluvia hasta que alguien, digamos Rolando, diga El barco se está deteniendo, y sólo se oiga ya el deslizarse del agua, motores y hélices en reposo, Gonzalo aparezca en la escotilla, diga Vamos, rápido, de uno en uno, se colocarán mochilas, fusiles, cananas y demás implementos que un combatiente requiere, y volverán a sentir la brisa del mar, verán otra vez la noche de un cielo cerrado por las nubes, recibirán sobre sus cuerpos la frialdad de la lluvia que los acompaña desde la madrugada, alguno, digamos Alejandro, estará calculando para sí relaciones entre amanecer y noche y millas recorridas y especulará en torno a qué costas son estas que aparecen a la vista, apiñados en la borda todos mirarán esa tierra desconocida que los espera, recortados en la oscuridad se ven macizos de arbustos, y mucho más allá la luz de los relámpagos dejará ver montañas, Vamos bajando, dice Gonzalo, y los ayuda a tomar la escala, abajo sólo los espera el mar y el primero en descender, digamos que Alejandro, mira a Gonzalo, mira el agua, se deja caer, su cuerpo parece hundirse, las manos permanecen en alto resguardando el fusil, Hay mucho fango, dice, el agua le cubre hasta poco más arriba de la cintura, y se le ve dar dos pasos con dificultad extrema, uno a uno los combatientes van entrando en el mar pantanoso, varias cajas de alimentos o municiones son descargadas también y llevadas en hombros, en el fondo del mar las botas resbalan y se entierran y el lodo pareciera retener la pierna empeñada en avanzar, la costa que desde la altura del barco simulaba estar tan próxima ahora parece inalcanzable, el barco que dejaron atrás sin embargo se va alejando de ellos, poco a poco los arbustos de la orilla comienzan a crecer, en el fango donde las botas se hunden aparecen raíces, rocas, alguno, digamos Ileana, tal vez Rolando, tropieza, la caja que cargaba cae al mar, los que están más cerca del caído, digamos que Gonzalo, quizás Alejandro, se apresuran a auxiliarlo y evitar que alimentos o municiones se contaminen con las sales y el agua, ya algunas raíces brotan del mar, las manos pueden agarrarse de ramas, van quedando libres cinturas y muslos, en el aire se oye un zumbido distante, Rápido, un avión, advierte Gonzalo, alguien, pensemos en Miriam, se vuelve y ve que la silueta oscura del barco se aleja, se siente como un desprendimiento al ver la embarcación que da la popa y clausura la palabra regreso, todos se dan cuenta de lo que Miriam observa y hay un detenerse, un segundo que es sólo para ver y despedirse y recibir el peso de lo inevitable, el zumbido del avión insiste en la lejanía, Vamos, dice Gonzalo, que ha tenido la prudencia de permitir esa anticipación de la añoranza, las raíces son laberinto y valla que traba y golpea las rodillas, travesaños donde las botas resbalan, vigas donde alguno, tal vez Ileana, se recuesta para tomar fuerzas, el zumbido del avión se va haciendo más próximo, ya caminan sobre fango y ramas, y Gonzalo ordena Quietos, una cruz oscura y una lucecita que parpadea pasan sobre sus cabezas, Miriam ve que un cangrejo está tocando su bota inmóvil, Alejandro lo advierte y basta el movimiento de una rama para que el animal huya, el avión vuela hacia mar abierto y Gonzalo dice Vamos, Si vieron el barco ya deben saber que estamos aquí, En cualquier momento comienzan a bombardear la zona, no hay órdenes pero Gonzalo insiste Vamos y pasa a la cabeza de la columna, sus pies se elevan cuando un tronco se interpone, su cuerpo se estira cuando el espacio es estrecho, su espalda se curva cuando es aconsejable pasar por debajo de los obstáculos, Vamos, rápido, dice otra vez Gonzalo y mira hacia atrás, los rostros que lo siguen sudan, ojos y labios contraídos, Tierra, dice Ileana cuando cree distinguir unos metros de yerba y arbustos que la oscuridad no deja conocer, el zumbido del avión ya no se percibe y al llegar al claro Gonzalo ordena un alto, mochilas y cajas van al suelo, de la lluvia sólo quedan gotas que se desprenden del follaje, Desembarcamos por el norte, dice Alejandro cuando observa en el cielo la posición de algunas estrellas, Gonzalo consulta el reloj, saca de su bolsillo un mapa, lo extiende, lo ilumina con una pequeña linterna, lee, pasa el dedo por ríos y pantanos y desfiladeros, roza una cumbre, consulta la brújula, Estamos aquí, dice y su dedo insiste en un punto del mapa casi tocado por el verdeazul que designa el mar, Tenemos que llegar antes de que amanezca, dice y mira la bóveda que los cubre, huele la humedad del aire, Va a seguir lloviendo, Vamos, mochilas y cajas vuelven a ser cargadas, la claridad del cielo deja ver árboles, estrellas, el fango que se acumula en las botas hace difícil la marcha, Alejandro toca el bolsillo de su camisa en busca del inhalador que no está, respira, Voy bien, se dice, a espaldas del grupo se oyen explosiones, ¿Bombas?, pregunta alguno, digamos Rolando, Estarán atacando el barco, dice Gonzalo, ¿Y si lo hunden?, pregunta alguien, pongamos que Ileana, Todo es posible, responde Gonzalo, las bombas continúan estallando,

¿No serán los del barco los que disparan?, insiste Miriam, La misión de ellos es escapar, que nadie pueda saber quiénes somos ni de dónde venimos, dice Gonzalo, en fila india caminan entre arbustos que los protegerían de miradas venidas de lo alto, al frente Alejandro va abriendo monte a macheta- zos, poco a poco el suelo se va volviendo rocoso y hay un trecho donde la vegetación se hace rala, pequeñas plantas espinosas que las botas aplastan, Rápido, dice Gonzalo aunque sólo se oye el chirri- do de los grillos, el ulular del viento, los pies res- balan o se traban en las rocas, estalla un relámpa- go, sopla una ráfaga de aire frío y la lluvia vuelve a cerrarles el horizonte, a borrar las montañas que se elevaban a lo lejos y aun el monte próximo a donde llegan a paso doble, empapados, Alejandro tose, Gonzalo mira el reloj, No vamos a llegar a tiempo, dice, saca de su mochila una capa, pide a dos que la sostengan como techo para proteger mapas y brújulas, llama a Alejandro, Estamos en este punto, dice, Toma el grupo de la vanguardia y adelántate, Sigue siempre al sur, buscando las montañas, Aquí, y la uña de su índice traza una rayita imperceptible, hay una cañada, Debe de haber un sauce muy gran- de, Allí nos esperan, Que nadie los vea, Si encuen- tran algún campesino, escóndanse, Tienen dos horas para llegar, Caminen a marcha forzada, Alejandro tose, escucha las órdenes y sus dedos van pasando también sobre los terrenos que el mapa anticipa, Gonzalo dice los nombres de cinco combatientes, cuatro de ellos abandonan su carga y se unen a Alejandro, Miriam dice Yo quiero seguir contigo, que se vaya Rolando, que es hombre y camina más rápido, Di una orden, dice Gonzalo, gritaría si las circunstancias se lo permitieran, Miriam baja la vista ante la dureza de la mirada de Gonzalo, se desprende del grupo, va hasta él, lo abraza y le da un beso, Perdóname, le dice, Te espero, No pierdan tiempo, ordena Gonzalo, y entrega mapa y brújula a Alejandro, No disparen si no es imprescindible. El grupo de la vanguardia reinicia la marcha, liberados ya del peso de armamentos y vituallas el paso se les ve ligero y mientras la arboleda se prolonga caminan sin dificultad, casi corriendo, el monte se vuelve a ir cerrando, ya no es el suelo espinoso sino enredaderas que suben o bajan de los árboles copudos, el machete que Alejandro blande va cortando bejucos y ramas, hay olor a hojas podridas, ranas que croan, reptiles que silban al huir, comienza a oírse el rumor de una corriente, El río, dice Raúl y el trillo que Alejandro abre los lleva hasta una orilla cubierta por nenúfares, abajo las aguas se adivinan revueltas y raudas, alimentadas por las lluvias que no cesan, Miriam busca en el mapa, Más arriba hay un puente, dice, el grupo va siguiendo las márgenes, Debimos caminar más al este, comenta Alejandro, y tose, siente que los pulmones se le cierran, delante se ve una línea que va de una orilla a la otra, llegan a ella y encuentran algunos cables, unas cuantas maderas por las que van cruzando con cuidado, levantando el pie cuando un crujido advierte que se ha pisado en falso, uno a uno van ganando tierra firme, Alejandro ya levanta de nuevo el machete, el trillo que abre continúa prolongándose hacia el sur. En la retaguardia las cajas de municiones y alimentos resultan más pesadas cargadas entre menos, y nadie queda libre para abrir el monte, Gonzalo va delante de la tropa, mira las huellas en el fango, toca las ramas cortadas, a veces duda, se detiene, abre la vegetación con su propio cuerpo, recupera el camino perdido, escucha, El río está cerca, dice. Alejandro vuelve a desplegar el mapa, mira las cumbres, trata de identificar en las curvas de nivel los picos que se alzan contra la difusa claridad del cielo, La cañada debe estar al oeste, dice, la voz como un silbido, Raúl asiente, Miriam pregunta ¿Puedes seguir?, Vamos, ordena Alejandro, se palpa otra vez el bolsillo vacío, deja que Raúl tome el machete, atraviesan un sembrado, ven una cerca, vacas y ovejas que duermen o rumian, oyen ladridos lejanos. Al llegar al puente Gonzalo hace un alto, se acerca y mueve los cables, golpea con la bota las maderas podridas, Llevamos mucho peso, dice, Si se cae una caja la perdemos, la lluvia es cada vez más cerrada, a lo lejos persiste el ruido sordo de bombas que estallan, Gonzalo busca en las cajas que han sido puestas en tierra, halla un rollo de sogas, toma un extremo y lo entrega a Rolando, Cruza y amárrala de un árbol, dice, Rolando va hacia el puente, se agarra de los cables, Ten

cuidado, advierte Gonzalo cuando se oye un crujido de maderas, Rolando tantea, avanza, el puente
oscila, Gonzalo va desenrollando la cuerda, la silueta de Rolando se ve titubear, Alúmbralo, dice Gonzalo y da la linterna a Ileana, el haz de luz atraviesa la cortina de agua, barre la orilla, descubre una
garza que la corriente arrastra, encuentra el cuerpo
de Rolando, destella en las gruesas gotas que rue-
dan por los cables, trata de fijarse en los pies de
Rolando, en las maderas que su bota alcanza, en las
manos que se aferran de los cables, Rolando da un
paso, echa su torso hacia delante, hace avanzar un
pie, las manos se deslizan por los cables, el cuerpo
va descansando en la madera que parece firme, el
otro pie se adelanta, prueba, retrocede, prueba, se
extiende un poco más, comienza a asentarse lentamente, el paso es largo y el puente oscila, los brazos rígidos tiemblan, el extremo de la cuerda cae,
da en una bota, amenaza con hundirse en el río,
Rolando se agacha, una mano pendiente del cable,
la otra estirando los dedos, tocando las fibras de la
soga, asiéndola, levantándola, Rolando se va poniendo de pie, la mano que agarra la soga intenta
recuperar el cable, hay una oscilación, un crujido,
una madera que cae, un pie que pierde sostén, el
cuerpo de Rolando que se va hacia delante, da contra el puente, queda un instante en el aire, colgan-
do de una mano, Ileana se pone de pie, grita, los
ojos de Rolando quedan ciegos por el haz de luz,
Gonzalo hala la cuerda, se ven manotazos al aire,

pataleos que no encuentran nada, Ileana deja caer la linterna, grita, corre hacia el puente, Gonzalo la detiene, se oye el golpe del cuerpo que cae y levanta gotas, salpicaduras, fango. Estamos en el sur, dice Alejandro cuando hacia la izquierda del grupo se levanta entre nubes la claridad del amanecer, y delante de ellos, en medio de dos lomas, se abre una cañada, ¿El sauce?, dice Miriam y señala el árbol aún distante, al saber que han llegado comienzan a sentir el cansancio y el sueño, la sed, el hambre y otras necesidades aplazadas para que el sol los encuentre en este punto, los metros finales se multiplican, aún entre ellos y el sauce se interponen cercas, un huerto que deciden bordear porque ya puede haber campesinos trabajando, otra ceja de monte donde Raúl tiene que usar el machete por última vez, nadie los espera y uno a uno se van tirando en la yerba rala que crece bajo el árbol, en las ropas se confunden la humedad de la lluvia y el sudor, alguno, digamos Miriam, desata las botas, mira los dedos llagados, se abren cantimploras, alguien, digamos Raúl, se lamenta de que no tomaran alguna lata de comida, Alejandro tose, se recuesta del árbol, camina, observa, consulta el reloj, ¿Estaremos perdidos?, pregunta Raúl, Es temprano, dice Miriam, ¿Y si no viene nadie?, insiste Raúl, Hay que esperar, dice Alejandro, ahogado por la tos, se sienta, deja el fusil sobre la hierba, se abre la camisa. Solo, sin mochila ni fusil ni balas que lo protejan, Gonzalo corre, salta sobre un tronco caído, una rama le golpea la cara, la llovizna disuelve el fango que le ensucia el pelo, en la ropa lleva hojas secas, pedazos de raíces que el río arrastraba, al tirarse a buscar a Rolando su codo rozó una piedra, sus manos tropezaban con troncos, enredaderas, alambres que la corriente había arrancado, buceaba y en la negrura del agua y de la noche era imposible encontrar nada, salía, tomaba aire, sus pies buscaban en el fondo, desde la orilla gritaban, señalaban la sombra de un arbusto, la espiral de un remolino, un coco que flotaba rebotando contra las rocas de la orilla, Gonzalo volvía a sumergirse, a manotear, una hoja parecía un pedazo de tela, tocaba filamentos que podían ser cabellos, el río lo llevaba hacia abajo, un cuerpo a la deriva podía flotar, podía hundirse, podía estar atrapado en la basura que navega y se sumerge, o acumula y hace saltar el agua, una piedra golpeaba a Gonzalo en la cabeza, un torbellino lo asfixiaba, tragaba el agua sucia, escupía fango, salía sin ver nada, sin encontrar nada, afuera lo esperaban los ojos de Ileana, la abrazaba, lloraban los dos, se preguntaba ¿Es el valor lo que me falta y me mantiene mudo? ¿Es por disciplina o cobardía que digo Espérenme aquí, Voy a buscar ayuda, y los dejo solos, sin saber qué hacerse, el río que arrastró a Rolando corriendo junto a ellos, el agua donde está Rolando levantándose y salpicándolos mientras ellos no pueden más que llorar y mirar y confiar en mí, en mi silencio?, lejos ladran perros, frente a Gonzalo se abre una guardarraya, él

206

corre y mira las montañas, se desvía a su derecha, salta una cerca de púas que deja en su mano un rastro de sangre, ve una vaca, un campesino que ordeña, las botas de Gonzalo hoyan los bejucos recién sembrados de un boniatal. Alejandro tose, golpea el tronco del árbol como si allí estuvieran sus pulmones, una bandada de pájaros se levanta de los matorrales cercanos, Raúl se tiende, pone la mano sobre el fusil, espera, la aves pasan sobre el sauce, se pierden en el sur, Tranquilo, dice Miriam, Alejandro abre la cantimplora, la levanta, una ráfaga sacude la copa del árbol, la cantimplora cae al suelo, sobre los combatientes desciende una lluvia de hojas, fragmentos de maderas, flores deshechas, los cinco se arrastran, toman posiciones detrás de las raíces del sauce, quitan el seguro de los fusiles, se miran los unos a los otros, el agua de la cantimplora se derrama, otra ráfaga corta la copa del árbol, los cinco hunden la cabeza en la yerba, se cubren con los brazos, alguien se tapa los oídos, la lluvia vegetal va cayendo sobre ellos, Alejandro levanta la mirada, acerca el fusil a su rostro, apunta hacia donde se vieron chispas, Gonzalo atraviesa corriendo la ceja de monte, ve cómo se sacuden las ramas del sauce, una voz grita Ríndanse que están rodeados, Alejandro responde Que se rinda tu madre, ordena Fuego, dispara contra la sombra de la voz, Gonzalo sale a campo abierto, corre, Miriam lo ve, Alto al fuego, grita Gonzalo, la voz rajada, Miriam se levanta, va a proteger el cuerpo de Gonzalo, Alejandro y Raúl disparan, otra ráfaga golpea contra la copa del árbol, Alto al fuego, vuelve a gritar Gonzalo y levanta los brazos, Alto al fuego, dice cuando el cuerpo de Miriam da contra el suyo y los dos van a tierra, del monte salen hombres armados, el Capitán, un enfermero, Rolando cayó al río, dice Gonzalo, Detengan el ejercicio, dice Gonzalo, Busquen las brigadas de rescate, dice Gonzalo, ¿Rolando cayó al río?, repite Raúl, ¿No estamos en otras tierras del mundo?, pregunta Miriam, No, responde el Capitán, y ordena que se busque ayuda, dice Helicóptero, Camillas, usa un radio de campaña que le han acercado, Hay que encontrarlo esté donde esté, ordena el Capitán, grave, se aproxima a los seis combatientes, esboza un saludo militar, Han cumplido el entrenamiento de manera satisfactoria, dice, palmea los hombros, abraza a Alejandro, Así responden los elegidos, da un beso a Miriam, Han demostrado su valor y su destreza en esta última maniobra, Las condiciones para la lucha guerrillera se han vuelto desfavorables, dice, No irán a otras tierras del mundo pero ya sabemos que están dispuestos a cualquier sacrificio, hace una pausa, un gesto de incomodidad, tal vez de dolor, Incluso al de sus vidas, la mirada del Capitán se detiene en Alejandro, quizás en Miriam, Ahora nuevas tareas esperan por ustedes, explica, tal vez no tan duras como combatir en tierras extrañas, pero sí más complejas, ¿Otras tareas?, pregunta alguno, tal vez Raúl, La grandeza del hombre está en imponerse tareas, dice el Capitán, Alejandro deja caer el fusil, se tira en la yerba, aparta de su rostro las briznas que cayeron con la metralla, respira y encuentra sus pulmones limpios, ¿Tú sabías que no íbamos a ninguna parte?, pregunta Miriam a Gonzalo, le sacude el cuerpo exánime, ¿Y dejaste que Rolando cayera al río?, El teniente Gonzalo cumplía órdenes, dice el Capitán, Rolando está muerto, dice Raúl, ¿Yo te besaba y tú nos mentías, nos ocultabas la verdad, dabas órdenes, nos castigabas?, pregunta Miriam, Ni el amor ni la fe han sido suficientes para protegerme, piensa Gonzalo, ¿Y exigías que fuéramos como tú, que fuéramos como Él?, Alejandro toca el fusil, ¿Estamos en la realidad?, se pregunta y mira el sauce, el cielo encapotado, la cantimplora vacía, cierra los ojos y no sabe si va despertando de un sueño o entrando en él, si al abrirlos habrá fusil y árbol y relámpagos y yerba, o estarán Carlos y Maritza y Lucila y los meses pasados o los por venir, o encontrará sólo olor a pólvora, oscuridad y silencio, Rolando está muerto, dice Gonzalo, y no pudimos encontrar el cuerpo, No vamos a ninguna parte, repite Miriam a su lado, llorando, No estamos en ninguna parte, dice Alejandro, y no se atreve a abrir los ojos, Horror, dice.

Epílogo

Como el final de la historia que acaba de contarse deja a los personajes en situación precaria, el narrador ha considerado prudente ofrecer al lector esta noticia sobre el destino que cada uno de ellos cumplió en lo que ha venido siendo el resto de sus vidas: ALEJANDRO estudió física nuclear. Una vez graduado se casó con una compañera de curso, y tuvo una hija. La niña no había cumplido el año cuando él se divorció, para casarse de inmediato con una compañera de trabajo, con quien tuvo otra hija. Terminó la candidatura a doctor en ciencias de la física en la extinta Unión Soviética y, años más tarde, hizo un doctorado en Madrid. Vive en el mismo apartamento que su madre le dejó, con la menor de sus hijas y su tercera mujer (están juntos desde hace más de una década, pero, hasta hoy, han decidido no legalizar la relación). En 1979 cesaron las llamadas telefónicas de su madre. Recientemente, un amigo le aseguró que ella vivía aún, sola, en el Bronx de Nueva York. CARLOS concluyó sus estudios de medicina veterinaria en un Curso para Trabajadores, pero sus responsabilidades como dirigente de la Asociación de Campesinos apenas le han dejado tiempo para ejercer la profesión. Vive en una ciudad del interior del país, con su esposa de siempre, cuatro hijos y su madre, que padece de locura senil. De MARITZA se sabe que regresó al país por primera vez en 1982 (en esa fecha Alejandro estudiaba en Leningrado, hoy San Petersburgo). Aún estaba soltera, vivía en California y se dedicaba a la decoración de interiores. No se le volvió a ver hasta inicios de los noventa, cuando vino con su hijo de siete años (de cuyo padre no se tienen referencias). Es poco probable que Alejandro haya tenido conocimiento de estas visitas y, en todo caso, tampoco se sabe que Maritza se haya acercado a aquel apartamento. Carlos y LUCILA, en cambio, se vieron de nuevo en Caracas, en 1994. Él asistía a un Congreso Latinoamericano de Líderes Campesinos, y ella fue avisada por Ileana. A su regreso, Carlos contó que ella fue a verlo al hotel donde se hospedaba, y que se saludaron como viejos amigos, sin rencores ni nostalgias. Lucila lo invitó a su casa, y, para su regocijo, entre Carlos y su esposo se estableció de inmediato una simpatía que luego, gracias a una copiosa correspondencia, ha derivado en amistad. El padre de Lucila murió de cirrosis hepática en 1989, cuando optaba por un asiento en el Senado de su país. Lucila es propietaria de una pequeña cadena de tiendas de ropa para niños llamada Los Gamines. No ha vuelto a esta ciudad donde transcurrió su primera juventud, aunque, en todas sus cartas, el esposo promete a Carlos que lo harán «el año entrante». ILEANA estudió sociología y dirige un Grupo Interdisciplinario de Investigaciones sobre la Adolescencia y la Juventud. Vive con su madre y su único hijo. El padre murió de un infarto en 1978. Al año siguiente Ileana se casó con su mejor amigo, del que se divorció antes de que naciera Rolandito. No obstante la separación, la amistad con su ex esposo se ha mantenido inquebrantable. Pocos meses después de la muerte de ROLANDO, a su padre le fue entregado un apartamento nuevo, en el centro de la ciudad. Ileana nunca se alejó de él, y cuando ya el anciano no pudo valerse por sí mismo, ella se ocupó de atender sus necesidades básicas (cocinarle, limpiar el apartamento, acompañarlo un poco por las noches). Él murió de pulmonía, en el invierno del 75, y fue Ileana quien cerró sus ojos. De todos los elegidos, Ileana y Carlos son los que acusan un envejecimiento mayor. MIRIAM vive en Alicante, desde 1989. Dirigía el Departamento de Comercio Exterior de un Ministerio, y la caída del Muro de Berlín la sorprendió en Estocolmo. Al llegar a Madrid, en el viaje de regreso, pidió asilo político. Fue acusada por el robo de más de doce mil dólares, que ella asegura haber entregado, antes de asilarse, a otro funcionario. Cuando Miriam hizo esas declaraciones, el funcionario ya estaba de vuelta en el país y, al conocer lo dicho por Miriam, aseguró que ellos «ni siquiera se habían visto en Europa». A pesar de sus reiterados esfuerzos, al esposo y a la hija de Miriam no se les ha permitido viajar a España para reunirse con ella. GONZALO se licenció de la vida militar en 1992. Había alcanzado los grados de teniente coronel. Entre 1978 y 1979 combatió en el Frente Sur de Nicaragua, a las órdenes de Edén Pastora. Después de licenciarse, trabajó como gerente de un grupo hotelero, hasta 1996, cuando fue destituido por «excesiva centralización de las tareas asignadas». Meses más tarde se jubiló. Ahora es dueño de un pequeño restaurante, el Paladar Masaya, especializado en comida centroamericana y decorado con reliquias de las dos guerras en que luchó. Su esposa actual tiene la misma edad que su hija mayor, y sus nietos se confunden con el menor de sus hijos. Después de dirigir durante cuatro años su batallón de combatientes en la agricultura, JORGE ingresó en la universidad, donde matriculó la licenciatura en historia del arte (allí se le conocía como «el Abuelo», y en el segundo año fue electo presidente de la Asociación de Estudiantes). En los primeros días de diciembre de 1975 explicó a sus profesores y compañeros que unas maniobras militares en las que participaría la reserva del Ejército lo obligaban a ausentarse por tres semanas. Los veintiún días transcurrieron sin que ninguno de sus allegados tuviera noticias suyas. El 28 de enero de 1976 Jorge murió en Angola, cerca de Huambo, cuando la caravana en que viajaba cayó en una emboscada tendida por las tropas de Jonás Savimbi. En 1989

214

sus restos mortales fueron traídos a su patria, y sepultados el 7 de diciembre de ese mismo año, con honores militares. No tuvo hijos, y la abuela que lo crió había fallecido en mayo de 1971.

Para el diseño inicial de esta historia (que tomó, entonces, la forma de un guión cinematográfico) el narrador tuvo la oportunidad de entrevistar a tres de sus personajes: Ileana se ha convertido en el enlace entre los sobrevivientes (Gonzalo la llama «la madrecita»). Lleva cuenta puntual de sus vidas, y al menos una vez al mes tiene noticias de todos ellos. Se mostró cordial y apasionada, y treinta años después de aquellos acontecimientos aún se le quiebra la voz cuando pronuncia el nombre de Rolando. Pero asegura no guardar rencor a nada ni a nadie. «Fuimos absolutamente responsables de nuestros actos», dice, «era el espíritu de la época, y sólo habiéndolo vivido se nos puede comprender.» Gonzalo es un hombre de excelente humor, que ve lo acontecido entonces como parte de la locura de años en que «se vivía de otra manera». «Todos estábamos un poco chiflados», afirma, para luego aclarar: «en el mejor sentido de la palabra». Mientras conversaba con él, el narrador tuvo la impresión de que Gonzalo hablaba de sí mismo como de otra persona a la que había conocido décadas atrás, y a la que recordaba con mucho cariño. La idea de que se filmara una película con sucesos de su vida lo entusiasmó, y pidió al narrador que fuera a verlo cuantas veces hiciera falta.

La conversación con Alejandro tuvo otro carácter. Apenas aportó informaciones y afirmó haber borrado esos recuerdos. Mientras las dos entrevistas anteriores duraron varias horas, ésta no sobrepasó los treinta minutos. Pocos días después, el narrador conoció, gracias al amigo que lo había conducido a Ileana, que Alejandro la había llamado para indagar por él, y averiguar cuáles eran sus intenciones. Decidido a despejar equívocos, el narrador logró un segundo encuentro. Alejandro le confesó que había interiorizado tanto el «síndrome del silencio» que todavía le resultaba difícil hablar. Ese otro intercambio fue más extenso y distendido, pero no giró en torno a las confesiones de Alejandro, sino al proyecto de la película, y a esas figuras posibles que ya comenzaban a ser personajes.

Pasado algún tiempo, el narrador supo que Alejandro se arrepentía de haberlo conocido: los recuerdos dormidos se le habían vuelto constantes, y amargos. La película nunca llegó a filmarse, pero el narrador, cuando piensa en Alejandro, a veces lamenta haber escrito esta novela.

AGRADECIMIENTOS

Mientras escribía el guión de cine en que esta novela tuvo su comienzo, algunas personas colaboraron en la definición del argumento y de los personajes. El autor quiere agradecer, por orden de aparición, los aportes de Arturo Arias Polo, Gerardo Chijona y Manuel Pérez Paredes. Y también la rigurosa lectura que hicieron de la novela Omaida Milián y Beatriz de Moura.

Cojímar, enero de 1997-noviembre de 1999

Últimos títulos